世界著名作家短篇小说精选系列

列夫·托尔斯泰短篇小说精选

[俄] 列夫·托尔斯泰 著　草婴 译

群众出版社
·北京·

图书在版编目（CIP）数据

列夫·托尔斯泰短篇小说精选／（俄罗斯）托尔斯泰（Tolstoy, L. N.）著；草婴译．—北京：群众出版社，2016.5

（世界著名作家短篇小说精选系列）

ISBN 978 - 7 - 5014 - 5522 - 5

Ⅰ.①列… Ⅱ.①列…②草… Ⅲ.①短篇小说—小说集—俄罗斯—近代 Ⅳ.①I512.44

中国版本图书馆 CIP 数据核字（2016）第 074703 号

列夫·托尔斯泰短篇小说精选

［俄］列夫·托尔斯泰　著　草婴　译

出版发行：群众出版社

地　　址：北京市丰台区方庄芳星园三区 15 号楼

邮政编码：100078

经　　销：新华书店

印　　刷：北京画中画印刷有限公司

版　　次：2016 年 7 月第 1 版

印　　次：2025 年 1 月第 6 次

印　　张：7.875

开　　本：880 毫米×1230 毫米　1/32

字　　数：170 千字

书　　号：ISBN 978 - 7 - 5014 - 5522 - 5

定　　价：29.00 元

网　　址：www.qzcbs.com

电子邮箱：qzcbs@sohu.com

营销中心电话：010 - 83903254

读者服务部电话（门市）：010 - 83903257

警官读者俱乐部电话（网购、邮购）：010 - 83903253

文艺分社电话：010 - 83901330　　010 - 83903973

列夫·托尔斯泰：伟大的人道主义者①

列夫·托尔斯泰（1828—1910）一生创作浩如烟海，在这其中小说无疑占主要地位。而托尔斯泰成为世界文化巨人，影响最大的也是小说。《战争与和平》《安娜·卡列尼娜》《复活》三部长篇小说不仅是俄罗斯文学的杰作，也是世界文学的瑰宝。除了三部长篇小说，托尔斯泰还写了大量中短篇小说，以及自传体小说《童年·少年·青年》。这些小说，即使不包括以民间故事形式出现的作品，至少也有六七十篇。

托尔斯泰的短篇小说大都反映了十九世纪俄罗斯社会的真实生活，描写了俄罗斯形形色色的人物，塑造了众多个性鲜明的典型。阅读托尔斯泰的小说，我们仿佛置身于当时的俄国，真可谓是身历其境；接触各种身份和个性的人物，如见其人，如闻其声；同时随同他们的悲欢离合、喜怒哀乐，自然而然地

---

① 作为译序，此文系本书译者草婴生前所作，题目为编者所加。

对他们的遭遇产生强烈的共鸣。

《傻子伊凡的故事》就是这样一篇带有浓郁的俄罗斯传统民间文化色彩的作品。傻子伊凡出身于富裕的农民家庭，在家排行老三。他天性似乎愚钝，但却非常善良，尽管分家产的时候只拿到了一匹老母马，但照样干农活儿赡养父母，并且还能和两个哥哥和睦相处。这让地底下的老魔鬼非常生气，他派出三个小鬼去捣乱，让伊凡三兄弟之间打个你死我活，但每次在伊凡那儿总是不能如愿，伊凡用他单纯的执拗与善良打败了老魔鬼，还当上了国王。这篇带有强烈俄罗斯民间故事色彩的小说在托尔斯泰的笔下徐徐展开，平实中带着诙谐，既继承了俄罗斯民间文学冷幽默的特点，又让文字之美蕴涵在极简的文字中，是托尔斯泰短篇小说中最具特色的一部作品。

而在《瓦罐阿廖沙》中，托尔斯泰极简至纯却又意味深长的语言风格更是得到了充分体现。小说讲述了小男孩儿阿廖沙贫苦的一生，尽管他一直乐观地面对这个世界，但依然避免不了残酷而冷淡的命运赐予他的悲惨结局。托尔斯泰一直采用看似平淡的叙述语调，到了结尾，这一客观化的叙述让悲剧性更为增强，也让读者更为震撼。

文学作品主要是以情动人，阅读优秀的文学作品，也就可以在不知不觉中获得有益的熏陶，并由此产生对世界、对人生的思考。

托尔斯泰的一生主要是关心人，同情不幸人们的苦难，思索怎样使人间充满人与人之间真诚的爱，也就是宣扬人道主义精神。正是这种伟大的人格感动了并在不断感动着全世界一切正直人的心。难怪他的作品在全世界被译成最多种文字，在经典著作中印数始终占据首位。

我从一九四二年起开始翻译俄罗斯文学作品，二十世纪五十年代主要翻译肖洛霍夫的小说。我的翻译工作因"文化大革命"中断了十年。"文化大革命"结束后，我开始系统翻译托尔斯泰的小说，从一九七八年至一九九八年，前后花了二十年工夫把他的三个长篇、六十多个中短篇和自传体小说翻译过来。我翻译托尔斯泰的作品，主要是想让我国读者更多地了解他的人格，欣赏他的艺术，充实我们的精神生活。这次精选的十二篇短篇小说，堪称托尔斯泰小说之林中的精华部分，希望能给读者们以启迪，在文字之美中体味那永恒的思想韵味。

目　录

穷 人

　　渔夫的妻子让妮坐在小屋的火炉旁补一张旧帆。屋外海风怒号，波涛拍岸，溅起一阵阵浪花……外面又黑又冷，海上暴风骤雨，但渔家小屋里却温暖而舒适。地扫得干干净净，炉子里的火还没熄灭，木架上的餐具闪闪发亮。在怒海的咆哮声中，床上睡着五个孩子，挂着帐子。渔夫一早驾着小船出海，还没回来。让妮听着波涛的咆哮和狂风的呼号，感到心惊

---

① 本篇根据雨果的诗《可怜的人们》改写而成。

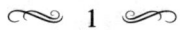

胆战。

古老的木钟嘶哑地敲了十下，十一下……始终不见丈夫归来。让妮想着心事。丈夫不顾惜身体，冒着寒冷和风暴出海打鱼。她从早到晚坐在家里干活儿。结果怎样呢？一家人只能勉强糊口。孩子们还是没鞋穿，不论冬夏都光着脚走路；连白面包都吃不上，大麦面包总算还吃得饱。但菜就只有鱼。"不过，赞美主，孩子们都身体健康，没什么可抱怨的。"让妮想，倾听着风暴的咆哮，"他现在在哪儿？主哇，你开开恩，保佑他，救救他！"她一面说，一面画十字。

睡觉还早。让妮站起来，包上一块厚头巾，点亮风灯，走到街上，看看海是不是平静些，天是不是亮了，灯塔上的灯有没有熄灭，丈夫的小船能不能望见。但海面上什么也看不见。风吹掉她的头巾，卷着什么刮断的东西敲打着邻居小屋的门。让妮想起她傍晚就想去探望害病的女邻居。"也没有人照顾她。"让妮想着，敲了敲门。她侧着耳朵听……没有人答应。

"做寡妇真苦啊！"让妮站在门口想，"虽说孩子不多，只有两个，可全靠她一个人张罗。如今又加上病！唉，做寡妇真苦啊！让我进去瞧瞧。"

让妮一再敲门，可是没有人答应。

"喂，邻居！"让妮叫道，"莫不是出什么事了？"她想着，推开门。

小屋里又潮湿又寒冷。让妮举起风灯，想看看病人在什么地方。首先映入她眼帘的是对着门放着的一张床，床上仰天躺着女邻居。她一动不动，没有声音，只有死人才是这副模样。

让妮把风灯举得更近一些。不错，是她。她的头往后仰着，冰冷发青的脸上现出死的安详。一只苍白僵硬的手从干草上挂下来，仿佛要去抓什么东西。就在这死去的母亲旁边，睡着两个鬈发、胖腮的小男孩儿，他们身上盖着旧衣服，蜷缩着身子，两个浅黄头发的小脑袋紧紧地靠在一起。显然，母亲临死时还拿旧头巾盖住他们的小脚，又把自己的衣服盖在他们身上。他们的呼吸均匀而平静，他们睡得很香很甜。

让妮解下孩子们睡着的摇篮，用头巾把他们盖住，搬回家去。她的心跳得很厉害；她自己也不知道为什么要这样做，但她知道非这样做不可。

回到家里，她把这两个熟睡的孩子放在床上，让他们同自己的孩子睡在一起，又连忙拉拢帐子。她脸色苍白，神情激动，她忐忑不安地想："他会说什么呢?"她自言自语，"这可不是闹着玩的。自己有五个孩子，已经够他受的了……是他来了? ……不，还没来! ……为什么把他们抱过来! ……他会揍我的! 那也活该，我自作自受。哦，他来了! 不! ……嗯，揍我一顿倒好些!"

门嘎吱一声，仿佛有人进来。让妮一惊，从椅子上站起来。

"不，没有人! 主哇，我为什么要这样做! 如今叫我怎么对他说呢?"让妮沉思起来，久久地坐在床前。

雨停了，天亮了，但风仍在呼啸，海仍在咆哮。

门突然开了，一股清新的海风冲进屋子，魁梧黧黑的渔夫拖着湿淋淋的破网走进来说："我回来了，让妮!"

"哦，你回来了!"让妮说着站住，不敢抬起眼睛看他。

"唉，这样的夜晚！真可怕！"

"是啊，是啊，天气真可怕！那么，鱼打得怎么样?"

"糟糕，真糟糕！什么也没打到，还把网给撕破了。倒霉，倒霉！这天气可真该死！我记不起几时有过这样的夜晚了，哪里还谈得上什么打鱼！赞美主，总算活着回来了……那么，我不在，你在家里做些什么呢?"

渔夫说着，把网拖进屋里，在炉子旁坐下。

"我吗?"让妮脸色发白，说，"我没做什么……缝缝补补……风吼得这么凶，真叫人害怕。我可替你担心呢!"

"是吧，是啊，"丈夫喃喃地说，"这天气真是活见鬼！可是你有什么办法呢!"

两人沉默了一阵。

"你知道吗，"让妮说，"邻居西蒙死了。"

"是吗?"

"我也不知道她什么时候死的，大概是昨天。哦，她死得好惨哪！她为孩子一定心疼死了！两个孩子那么小……一个还不会说话，另一个刚会爬……"让妮没再作声。

渔夫皱起眉；他的脸变得严肃、忧虑。

"嗯，是个问题!"他搔搔后脑勺说，"嗯，你看怎么办！得把他们抱过来，同死人待在一起怎么行？哦，我们总能熬过去的！快去!"

但让妮坐着一动不动。

"你怎么啦？不愿意吗？你怎么啦，让妮?"

"你瞧，他们就在这里呀。"让妮说着撩起帐子。

瓦罐阿廖沙

阿廖沙是家里最小的孩子，大家都叫他"瓦罐"。因为有一天母亲派他给助祭妻子送一罐牛奶，他绊了一跤，把瓦罐打碎了。母亲把他打了一顿，孩子们就此戏称他"瓦罐"。"瓦罐阿廖沙"这个绰号就这样落到他头上。

阿廖沙是个瘦小子，生着一对招风耳（耳朵大得像一对翅膀）、大鼻子。孩子们取笑他："阿廖沙的鼻子好像土岗上的公狗。"乡下有一所学校，但阿廖沙读书读不进，也没工夫读书。大哥在城里商人家做用人。阿廖沙从小帮父亲干活儿，六岁跟姐姐一起牧羊放牛；再大一点儿，就日夜看守马群。十二岁起就耕地运货。他没有力气，但动作倒挺麻利。他总是快快活活。孩子们嘲弄他，他不吭声，或者只笑笑。遇到父亲骂他，他也不吭声，只是听着。人家一骂完，他又笑嘻嘻地动手干活儿。

阿廖沙十九岁那年，他哥哥被拉去当兵。父亲就把阿廖沙带到商人家接替哥哥当用人。哥哥的旧靴子、父亲的帽子和紧身棉袄都给了阿廖沙，他被带到城里。阿廖沙穿这衣服高兴极了，商人却不喜欢他的模样。

"我还以为你带个像样的人来顶替谢苗哪，"商人打量了一下阿廖沙说，"你却给我弄来个拖鼻涕的娃娃。他能干什么？"

"他干什么都行，套车也好，驾马也好，干起来可有劲儿了。他就是样子长得难看，力气倒是挺大的。"

"好吧，让我瞧瞧。"

"他最大的长处是听话，干起活儿来叫人眼红。"

"该拿你怎么办呢？留下吧。"

阿廖沙就这样在商人家住下来。

商人家人口不多：老板娘；老母亲；大儿子已结婚，受过普通教育，跟着父亲做买卖；另一个儿子很有学问，中学毕业，念过大学，但后来被学校开除，住在家里；还有一个女儿在念中学。

开头大家都不喜欢阿廖沙，因为他是个大老粗，衣着又差，又不懂礼貌，不论对谁说话都用"你"，但不久大家就习惯了。他做事比哥哥更勤快。他确实很听话，不论派他做什么，他总是高高兴兴，做了一件又一件，从来不休息。在商人家里，就同在自己家里一样，什么活儿都落到阿廖沙身上。他干得越多，落到他身上的活儿也越多。老板娘、老板的母亲、老板的女儿、老板的儿子、账房、厨娘，大家都把他差到东，差到西，一会儿叫他干这，一会儿叫他干那。只听得一片叫声："喂，老弟，你去一下！""阿廖沙，这事你干一下。——你怎么了，阿廖沙，忘记啦？注意，可别忘了，阿廖沙！"于是阿廖沙就东奔西跑，干这干那，十分用心，什么也没忘记，什么都及时做好，而且总是笑嘻嘻的。

哥哥的靴子不久就被他穿破了。老板为了他穿破靴子露出脚趾而骂他，叫人到市场上给他买一双新的来。靴子崭新，阿廖沙很喜欢，可是他的脚还是原来那双脚，路跑得一多，到晚上就作痛，他很生气。阿廖沙担心，父亲来领他的工钱时，商人把靴子钱从工钱中扣掉，父亲会不高兴。

冬天，阿廖沙总是天不亮就起床，劈柴，打扫院子，给牛马送料、饮水，然后生炉子，给东家擦靴子、刷衣服、烧茶炊、擦茶炊。接着不是账房叫他去运货，就是厨娘吩咐他去揉面、擦锅子。然后，他被差到城里，一会儿送信，一会儿送东家女儿上学，一会儿给老太婆买橄榄油。"你跑到哪儿去啦，死鬼！"一会儿这个骂他，一会儿那个咒他，"您何必亲自去呢，叫阿廖沙跑一趟吧。阿廖沙！喂，阿廖沙！"阿廖沙就应声跑去。

阿廖沙在路上吃早点，午饭也难得同大家一起吃。厨娘骂他不同大家一起吃，但还是怜悯他，午饭、晚饭都给他留点儿热菜。逢到过节，活儿特别多。阿廖沙也喜欢过节，特别是因为每逢过节，大家都会给他一点儿"茶钱"，虽然钱很少，合起来只有五六十戈比，但到底是他自己的钱，他可以随意花用。工资他根本没见过。父亲一来，就从商人手里领走工资。他只责备阿廖沙怎么这样快就把靴子穿破了。

他积满两个卢布"茶钱"，听从厨娘的话，买了一件红绒线上装。他穿在身上，乐得合不拢嘴。

阿廖沙话很少，说起来总是很急。人家吩咐他做什么，或者问他能不能做那件事，他总是毫不犹豫地回答："这个行!"说着立刻动手去做。

祈祷文他一点儿也不会背。母亲教他的，他全忘了，但还是早晚都做祷告：他用手祷告，画十字。

阿廖沙就这样过了一年半。第二年下半年发生了他一生中最不平凡的事。这就是，他惊异地知道，人与人之间除了相互需要之外，还有一种非常特殊的关系：不是擦擦靴子，送送货物，或者套套马车，而是莫名其妙地需要另一个人，需要另一个人的照顾，另一个人的爱抚。现在他阿廖沙就有这样的需要。经过厨娘介绍，他认识了乌斯金尼雅。乌斯金尼雅是个孤女，年纪很轻，同阿廖沙一样是个用人。她开始疼爱阿廖沙，阿廖沙也第一次感觉到，她需要的不是他的伺候，而是他这个人。母亲疼他，他觉得这是理所当然的，就像他自己疼自己一样。如今忽然发现，乌斯金尼雅虽不是亲人，但也疼他，给他在罐子里留一点儿油炒饭。他吃东西的时候，她把下巴搁在衣袖卷起的胳膊上瞧着他。他对她也看了一眼，她就笑，他也笑起来。

这事是那么新鲜，那么古怪，开头使阿廖沙感到害怕。他觉得这事会妨碍他，使他不能像原来那样干活儿。可他还是很高兴。他看看乌斯金尼雅给他补过的裤子，摇摇头笑了。他常常在干活儿或者走路的时候想到乌斯金尼雅，并且说："乌斯金尼雅真不错!"乌斯金尼雅一有机会就帮助他，他也帮助她。她把自己的身世讲给他听，她怎样成为孤儿，姨妈怎样收留她，把她送到城里，商人的儿子怎样纠缠她，她怎样骂他。她爱说话，他也高兴听她说。他听说城里常有这样的事：当用人的农民娶厨娘做老婆。有一次她问，他父母是不是快给他成亲了。他说不知道，他不愿在乡下娶媳妇。

"那么，你看中谁啦?"她问。

"我倒是想娶你呢。行不行?"

"瞧你的，瓦罐啊瓦罐，说得可真调皮，"她拿手巾往他背上打了一下说，"怎么不行啊?"

谢肉节那天，老头儿到城里来领工钱。商人妻子知道阿廖沙想娶乌斯金尼雅，很不高兴。"她一怀孕，将来有了孩子还有什么用。"她对丈夫说。

老板给了阿廖沙父亲工钱。

"怎么样，我的孩子在这里干得怎么样?"老农民问，"我说过，他很听话。"

"听话是听话，可是头脑糊涂了。他想娶厨房里那个丫头，可我不能收留结过婚的人。这事在我们这儿不行。"

"傻瓜，傻瓜，怎么想出这样的傻主意来?"做父亲的说，

"你不用担心。我会叫他丢掉这个傻念头。"

父亲来到厨房里，坐在桌子旁等儿子回来。阿廖沙跑出去办事，过了一会儿气喘吁吁地回来了。

"我还以为你很懂事。可你想出什么花样来啦？"父亲说。

"我又没想什么。"

"怎么没想什么！你想讨老婆。等到了时候，我会给你娶的，娶一个合适的，可不能娶城里的婊子。"

父亲说了一大通。阿廖沙站着听，叹着气。等父亲说完，阿廖沙微微笑了笑。

"好吧，这事可以不谈。"

"这就对了。"

等父亲一走，他同乌斯金尼雅两个留下来，他对她说（父亲同儿子谈话的时候，她站在门外偷听）："咱俩的事不行了，没成功。你听见啦？老头子生气了，不同意。"

她默默地用围裙捂着脸哭起来。

阿廖沙舌头嗒地弹了一下。

"怎么能不听啊！看来只好不谈啦。"

傍晚，老板娘叫他关护窗板的时候对他说："怎么样，听了父亲的话，把你的傻念头丢掉啦？"

"看样子丢掉啦！"阿廖沙说，笑笑，接着又立刻哭起来。

从此以后阿廖沙不再同乌斯金尼雅谈结婚的事，像原来那样过日子。

后来，账房派他上屋顶铲雪。他爬到屋顶上，把整个屋顶都铲干净，又动手铲掉水溜子旁冻住的积雪，可是两脚一滑，连同铲子一起掉下来。倒霉的是他没掉在雪地上，而掉在盖着铁皮的大门口。乌斯金尼雅跑到他跟前，东家女儿也跑了过来。

"摔坏啦，阿廖沙?"

"哪里会摔坏。没事。"

他想爬起来，可是爬不起来，只是笑笑。他被抬到下房。医生来了，给他做了检查，问他什么地方疼。

"浑身上下都疼，可是没关系。只是老板要生气了。得给我爹送个信儿。"

阿廖沙躺了两天两夜，第三天他们派人去请神父。

"怎么，难道你要死了?" 乌斯金尼雅问。

"要不又怎么样? 难道能一直活下去吗? 总有一天要死的!" 阿廖沙像平时一样急急地说，"谢谢你疼了我，乌斯金尼雅。嗬，幸亏他们不让结婚，要不就糟了。如今可没事啦!"

他跟着神父用手和心做了祷告。他心里觉得活在这个世界上很快活；既然他听话又不得罪人，那么到那个世界去也会很快活的。

他话说得很少，只是要求喝水，不知对什么事一直感到困惑。

他不知对什么事感到困惑，终于两脚一伸死了。

孩子的力量

　　"打死他！……枪毙他！……把这个坏蛋立刻枪毙！……打死他！……割断凶手的喉咙！……打死他，打死他！"人群大声叫嚷，有男人，有女人。

　　一大群人押着一个被捆绑的人在街上走着。这个人身材高大，腰板挺直，步伐坚定，高高地昂起头。他那漂亮刚毅的脸上现出对周围人群蔑视和憎恨的神色。

　　这是一个在人民反对政府的战争中站在政府一边的人。他被抓获，现在押去处决。

"有什么办法呢！力量并不总在我们一边。有什么办法呢？现在是他们的天下。死就死吧，看来只能这样了。"他想，耸耸肩膀，对人群不断的叫嚷报以冷冷的一笑。

"他是警察，今天早晨还向我们开过枪！"人群嚷道。

但人群并没有停下来，仍押着他往前走。当他们来到那条还横着昨天在军警的枪口下遇难者尸体的街上时，人群狂怒了。

"不要拖延时间！就在这儿枪毙那无赖，还把他押到哪儿去？"人群嚷道。

被俘的人阴沉着脸，只是把头昂得更高。他憎恨群众似乎超过群众对他的憎恨。

"把所有的人统统打死！打死密探！打死皇帝！打死神父！打死这些坏蛋！打死，立刻打死！"妇女们尖声叫道。

但领头的人决定把他押到广场上去，在那里解决他。

离广场已经不远，在一片肃静中，从人群后面传来一个孩子的哭叫声。

"爸爸！爸爸！"一个六岁的男孩儿边哭边叫，推开人群往俘房那边挤去，"爸爸！他们要把你怎么样？等一等，等一等，把我也带去，带去……"

孩子旁边的人群停止了叫喊，他们仿佛受到强大的冲击，人群分开来，让孩子往父亲那边挤去。

"瞧这孩子多可爱啊！"一个女人说。

"你要找谁呀？"另一个女人向男孩儿俯下身去，问。

"我要爸爸！放我到爸爸那儿去！"男孩儿尖声回答。

"你几岁啊，孩子？"

"你们想把爸爸怎么样？"男孩儿问。

"回家去，孩子，回到妈妈那儿去。"一个男人对孩子说。

俘虏已听见孩子的声音，也听见别人对他说的话。他的脸色越发阴沉了。

"他没有母亲！"他对那个叫孩子去找母亲的人说。

男孩儿在人群里一直往前挤，挤到父亲身边，爬到他手上去。

人群一直在叫着："打死他！吊死他！枪毙坏蛋！"

"你干吗从家里跑出来？"父亲对孩子说。

"他们要拿你怎么样？"孩子问。

"你这么办……"父亲说。

"什么？"

"你认识卡秋莎吗？"

"那个邻居阿姨吗？怎么不认识？"

"好吧，你先到她那儿去，待在那里。我……我就来。"

"你不去，我也不去。"男孩儿说着哭起来。

"你为什么不去？"

"他们会打你的。"

"不会，他们不会的，他们就是这样。"

俘虏放下男孩儿，走到人群中那个发号施令的人跟前。

"听我说，"他说，"你们要打死我，不论怎样都行，也不论在什么地方，但就是不要当着他的面，"他指指男孩儿，"你们放开我两分钟，抓住我的一只手，我就对他说，我跟您一起溜达溜达，您是我的朋友，这样他就会走了。到那时……到那时你们要怎么打死我，就怎么打死我。"

领头的人同意了。

然后俘虏又抱起孩子说："乖孩子，到卡秋莎阿姨那儿去。"

"你呢？"

"你瞧，我同这位朋友一起溜达溜达，我们再溜达一会儿，你先去，我就来。你去吧，乖孩子。"

男孩儿盯住父亲，头一会儿转向这边，一会儿转向那边，接着思索起来。

"去吧，好孩子，我就来。"

"你一定来吗？"

男孩儿听从父亲的话。一个女人把他从人群里带出去。

等孩子看不见了，俘虏说："现在我准备好了，你们打死我吧。"

这时候发生了一件完全意想不到和难以理解的事。在所有这些一时变得残酷、对人充满仇恨的人身上，同一个神灵觉醒了。一个女人说："我说，把他放了吧。"

"上帝保佑，"又一个人说，"放了他。"

"放了他，放了他！"人群叫喊起来。

那个骄傲而冷酷的人刚才还在憎恨群众，竟双手蒙住脸放声大哭起来。他是个有罪的人，但从人群里跑出去，却没有人拦住他。

傻子伊凡的故事

一

　　从前某国有个富裕的农民。这个富裕的农民有三个儿子：军人谢苗、大肚子塔拉斯和傻子伊凡，还有一个哑女老姑娘玛拉尼雅。军人谢苗出去打仗，为沙皇效劳；大肚子塔拉斯进城跟商人做买卖；傻子伊凡和姑娘在家里劳动过活。军人谢苗打仗有功，当上大官，得到封地，娶了个贵族姑娘为妻。他俸禄优厚，领地很大，但总是入不敷出：不论他收入多少，贵族出身的妻子都花个精光，弄得家里总是缺钱用。军人谢苗到领地收租，总管对他说："收不到。我们没有牲口，没有农具，没有马，没有牛，没有犁，没有耙。先要置办这一切，才会有收入。"

军人谢苗去找父亲，说："爸爸，你很有钱，可是什么也没给我。你分三分之一家产给我，让我把它并入我的领地。"

老头儿说："你什么也没给我带回家来，我为什么要给你三分之一家产？再说伊凡和姑娘会不高兴的。"

谢苗说："伊凡是个傻子，姑娘又是个哑巴，他们需要什么？"

老头儿说："看伊凡怎么说。"

伊凡却说："行，给他吧。"

军人谢苗从家里拿走一份，并到他的领地，自己又给沙皇效劳去了。

大肚子塔拉斯挣了不少钱，娶了个商人的女儿为妻，但他还是嫌钱少，走来对父亲说："把我的一份分给我吧。"

老头儿也不愿给塔拉斯一份，他说："你什么也没给过我们，家里的一切都是伊凡挣来的，可不能委屈他和姑娘。"

塔拉斯说："给他有什么用？他是傻子，讨不到老婆，没有人会嫁给他。姑娘是个哑巴，她什么也不需要。伊凡，你分一半粮食给我，挽具我不要，牲口我只要那匹灰毛公马，耕地它也用不上。"

伊凡笑道："好吧，我去给你套马。"

塔拉斯也分到了一份家产。他把粮食运到城里，牵走了灰毛公马。这样伊凡只剩一匹老母马，但他照样干农活儿赡养父母。

二

三弟兄分财产没有吵架，却友好地分手，这使老魔鬼大为生气，他把三个小鬼叫来，对他们说："你们看，现在有三弟兄：军人谢苗、大肚子塔拉斯和傻子伊凡。我要他们吵翻天，他们却和睦相处，十分友爱。傻子把我的事全搞糟了。你们三个去，一个对付一个，要挑动他们打个你死我活。你们办得到吗？"

"办得到。"三个小鬼说。

"那么，你们打算怎么办？"

三个小鬼说："我们先叫他们破产，穷得没饭吃，再把他们弄到一起，他们就会大打出手。"

"嗯，很好，"老魔鬼说，"我看你们都很在行。去吧，不把他们搞得天翻地覆别来见我，要是办不到，我就剥你们三个的皮。"

三个小鬼到沼泽地去商量这事怎样进行。他们争吵不休，个个都想弄份轻松活儿干。最后决定抽签，谁抽到什么就干什么。他们还讲定，谁先干完，谁就得帮另外两个干。小鬼们抽了签，定了在沼泽地再次碰头的日子，以便知道谁先干完，该帮谁干。

到了规定的日子，三个小鬼如约来到沼泽地。他们谈了各自的情况。从军人谢苗那儿来的小鬼第一个讲："我的事干得挺顺利。我那个谢苗明天就要回父亲家去了。"

另外两个小鬼问他："你是怎么干的？"

"我吗？"他说，"第一件事是使谢苗胆大包天，他竟向皇帝保证要征服天下。皇帝就任命谢苗为司令去打印度皇帝。交战前夜，我把谢苗军队里的火药全部弄湿，又到印度皇帝那里把麦秸变成了无数士兵。谢苗的兵看见麦秸兵从四面八方包围过来，都胆战心惊。谢苗下令开火，但枪炮都打不响。谢苗的兵害怕了，都像绵羊一般落荒而逃。印度皇帝把他们打得落花流水。军人谢苗名誉扫地，封地被收回，明天要上断头台。我只剩下一天的活儿要干，那就是放他出狱，让他逃回家。明天我就能腾出手来。你们说，我该帮谁的忙。"

第二个小鬼从塔拉斯那儿来，讲了他的事：

"我不需要帮助。我的事也挺顺利，塔拉斯活不满一个星期了。我先使他的肚子变得更大，人变得更贪心。他对财物贪得无厌，不管见了什么都要买。他用自己的钱买了无数东西，但还是想买，结果就只好借钱来买。他欠了一身的债，怎么也还不清。再过一星期就到还债的日子，我要把他的东西统统变成粪土，他还不起债，就会去找父亲。"

两个小鬼又问从伊凡那儿来的小鬼。

"你的事情怎么样？"

"唉，"那个小鬼说，"我的事情可不顺利。我先往他那罐克瓦斯里唾上几口，叫他肚子疼；再到他的地里，把土地夯得像石头一样硬，使他耕不动。我以为他刨不动，没想到这傻子把犁拉来耕。他肚子疼得直哼哼，可他还是一个劲儿地耕。我把他的犁折断，不想傻子回家又拉来一把犁，又耕起来。我钻到地底下拉住他的犁铧，却怎么也拉不住。犁铧很锋利，他使劲一推，把我的两只手都割伤了。他的地差不多都耕好了，现在只剩下一条。弟兄们，你们快来帮帮忙，要是我们治不了他一个，我们就白辛苦一场了。要是傻子继续干农活儿，他们就不会挨饿，傻子会养活他两个哥哥的。"

从军人谢苗那儿来的小鬼答应明天去帮忙，三个小鬼就走散了。

三

伊凡把全部休闲地都翻耕好了，只剩下一条还没有耕。他跑过来想把它耕完。他肚子疼，可是地还得耕。他赶牲口下地，扶住犁向前走。他刚掉头往回走，就觉得犁仿佛被树根绊住，拉不动。原来是小鬼两脚盘在木犁叉梁上，把它顶住。伊凡想："真是怪事！这儿根本没有树，哪儿来的树根？"伊凡伸手到犁沟里一摸，摸到一样软绵绵的东西。他抓住这东西，拉出来一看，黑黑的，有点儿像树根，但上面有什么东西在动。仔细一看，原来是个活生生的小鬼。

"瞧你，"伊凡说，"真叫人恶心！"

伊凡一挥手，想拿小鬼在犁上砸死，小鬼吱吱地叫起来。

"别砸我，"小鬼说，"你要我做什么都行。"

"你能为我做什么？"

"你尽管吩咐好了。"

伊凡搔搔头皮，说："我肚子疼，你能治吗？"

"我能。"小鬼说。

"那么，你替我治一治吧。"

小鬼俯身在犁沟里摸呀摸的，摸出一个三叉草根递给伊凡，说："瞧，只要吞下一个草根，什么病都能治好。"

伊凡拿过草根，扯下一根吞下去，肚子立刻不疼了。

小鬼又请求道："现在你放了我吧，我钻到地底下，再也不来了。"

"好吧，"伊凡说，"上帝保佑你！"

伊凡一提到上帝，小鬼立刻钻到地下，好像石头沉入大海，只留下一个窟窿。伊凡把剩下的两个草根塞到帽子里，继续耕地。他耕完这条地，把犁转过来，回家去。他回到家里，卸了马，走进屋，看见大哥军人谢苗夫妻俩坐在那里吃饭。他们的封地被收回，好不容易出狱来到父亲家栖身。

谢苗看见伊凡说："我到你这儿来住，我没找到工作前，你就养着我们两口子吧。"

"那好，"伊凡说，"你们住下吧。"

伊凡刚在长凳上坐下，这位贵夫人不喜欢他身上的味儿，就对丈夫说："我不能跟臭庄稼佬儿一起吃饭。"

军人谢苗就说："我太太说，你身上的味儿很难闻，你最好到门廊去吃。"

"那好，"伊凡说，"我正要把马牵出去吃夜草呢。"

伊凡拿了面包、长袍，出去放马。

四

这天晚上，军人谢苗的小鬼干完了活儿，如约到伊凡的小鬼那里帮忙，折磨伊凡。他走到地里找了好半天，怎么也不见朋友的影子，只发现一个窟窿。他想："看来朋友出事了，我得来顶替他。地已经耕完，等傻子来割草我再跟他捣蛋。"

小鬼来到草地上，给伊凡的草地灌了水，弄得那里一片泥泞。清早，伊凡放夜马回来，磨快镰刀，到草地去割草。伊凡来到草地。他挥动镰刀，挥了一两下，镰刀就钝得割不动，得再磨。伊凡使劲割了一阵。

"不行，"他说，"得回家去拿打刀器，再带一个大面包来。哪怕花上一个星期我也不走，非把它割完不可。"

小鬼听见这话，想："这傻子真是个死顽固，治不了他。得另想办法。"

伊凡走来，打直了刀刃，动手割草。小鬼钻到草丛里，抓住镰刀，让刀尖扎进土里。伊凡干得筋疲力尽，但还是把一条草割完，只剩下沼泽地里的一小块。小鬼钻到沼泽地里想："哪怕砍断我的爪子，我也不让你割。"

伊凡来到沼泽地，草看上去并不密，可是镰刀挥不开。伊凡火了，使出全身力气拼命挥刀。小鬼招架不住，眼看事情不妙，就躲到树丛里。伊凡使劲一挥刀，砍到树丛里，把小鬼的尾巴砍掉半截。伊凡割完草，叫妹妹来耙，自己又去割黑麦。

伊凡带了钩形镰刀来到黑麦地，断尾巴小鬼已先到那里，他把黑麦弄得乱七八糟，镰刀怎么也没法儿割。伊凡回家拿了一把月牙小镰刀，终于把黑麦地都割好了。

"嗯，现在该割燕麦了。"伊凡说。

断尾巴小鬼听见这话，想："黑麦地搞不成，我就去燕麦地捣蛋，不过到明天早上再去。"第二天早上，小鬼来到燕麦地，只见燕麦已全部割好。原来伊凡连夜把燕麦割光，这样可以少掉麦粒。小鬼大为恼火，说："傻子把我砍伤了，让我吃足苦头。这样倒霉的事就是打仗也没有碰到过！这该死的家伙连觉也不睡，叫我怎么赶得上！现在我钻到麦垛里去，让他的麦子统统烂掉。"

小鬼钻到麦垛里，让麦捆发热腐烂，他在里面觉得暖烘烘的，便打起瞌睡来。

伊凡套好马，同妹妹一起去运麦子。他把大车赶到麦垛那里，动手把麦捆叉到车上。他只扔了两捆麦，一叉就戳住小鬼的屁股，举起来一看，是个活生生的小鬼，而且是断尾巴的。小鬼在叉上拼命挣扎，想溜掉。

伊凡说："瞧你，真叫人恶心！你又来啦？"

小鬼说："我是另外一个，那一个是我兄弟。我原来在你哥哥谢苗那儿。"

伊凡说："哼，不管你是哪一个，你的下场都一样！"他要把小鬼在大车横木上砸死，小鬼就哀求道："饶命吧，我再也不敢了，你要我做什么都行。"

"你能做什么呀？"伊凡问。

"不论什么东西，我都能把它变成士兵。"小鬼回答。

"我要士兵做什么？"

"你要他们干什么，他们就能干什么。"

"他们会奏乐吗？"

"会。"

"那好，你就变吧。"

小鬼说:"你拿一捆黑麦往地上一扔,嘴里说:'我的奴仆命令,麦秸变成兵,有几根麦秸变几个兵。'"

伊凡拿起一捆麦往地上一扔,照小鬼的话说了一遍。麦捆立刻解开,麦秸变成士兵,还有一名号手和一名鼓手在前面吹打。伊凡笑道:"真有你的,好灵巧!姑娘们这下子可乐了。"

"现在你可以放我了吧。"小鬼说。

"不,我要先脱粒再变,要不就会糟蹋粮食。你教教我,怎样把兵再变成麦秸。我要先脱粒。"伊凡说。

小鬼说:"你只要说:'有多少名士兵,就变多少根麦秸。我的奴仆命令,士兵再变成麦秸!'"

伊凡照说了一遍,士兵就又变成麦秸。

小鬼又请求道:"现在你放我走吧。"

"好!"

伊凡把小鬼挂在大车横木上,一手把他按住从草叉上扯下来,说:"上帝保佑!"伊凡一提到上帝,小鬼立刻钻到地底下,好像石头沉入大海,只留下一个窟窿。

伊凡走回家,只见二哥塔拉斯夫妻俩坐在那里吃晚饭。原来大肚子塔拉斯还不清账,就跑到老家躲债。他看见伊凡进来,就说:"喂,伊凡,我现在还没发财,你就先养养我们两口子吧!"

"那好。"伊凡说,"住下吧!"

伊凡脱下长袍,在桌边坐下。

二嫂说:"我不能跟傻子一起吃饭,他一身汗臭。"

大肚子塔拉斯就说:"伊凡,你身上的味儿不好闻,你到门廊去吃吧。"

"那好。"伊凡说。

他拿起面包到院子里去,嘴里说:"我正好要牵母马去吃夜草了。"

<h2 style="text-align:center">五</h2>

这天晚上,塔拉斯的小鬼也脱身出来,如约去帮朋友跟傻子伊凡捣蛋。他到耕地上找朋友,找了好半天,连一个也没有找到,只发现一个窟窿。他走到草地上,结果在沼泽上找到一截尾巴,接着又在黑麦地里发现一个窟窿。他想:"看来朋友们遭殃了,我得替他们去对付傻子。"

小鬼去找伊凡,伊凡已离开田野,到树林里伐木去了。

原来两个哥哥住在一起觉得太挤,吩咐傻子去伐木盖新房。

小鬼跑进树林,爬到树上,和伊凡捣蛋。伊凡砍断一棵树,照规矩要让它倒在空地上,可是树随便倒下,结果夹在树桠中间。伊凡砍了一个大叉,好不容易才把树放倒在空地上。伊凡又砍一棵树,情况也是这样。他费尽力气才把树拉出来。他砍第三棵树,还是这样。伊凡本想砍五十棵树,结果还没砍满十棵天就黑了。伊凡累坏了。他大汗淋漓,浑身冒热气,树林里仿佛升起雾气,但他还是不肯罢休。他又砍断一棵树,感到脊背疼痛难当,一点儿力气也没有了,就把斧头扎在树上,坐下来休息。小鬼听见伊凡停工,很高兴,心里想:"哦,他没有力气了,让我也休息一下吧。"他骑在树枝上,扬扬得意,不想伊凡站起来,拔出斧头使劲从另一边砍去,树立刻断裂，轰隆一声倒在地上。小鬼没料到这一招，来不及把腿抽出来，树枝就断了，把他的爪子夹住。伊凡动手收拾树枝，发现一个活生生的小鬼，大为惊讶。

"瞧你，"伊凡说，"真叫人恶心！你又来啦？"

"我是另外一个，"小鬼说，"我原来在你哥哥塔拉斯那儿。"

"哼，不管你是哪一个，下场都一样！"

伊凡抡起斧头，想用斧背把小鬼砸死。

小鬼哀求道："别砸我，你要我做什么都行。"

"你能做什么呀？"

"你要多少钱，我就能给你变出多少钱来。"

"那好，你就变吧！"

于是小鬼教他变钱的方法。

"你从这棵栎树上扯下几片叶子放在手里搓，金币就会不断落到地上。"

伊凡扯下几片叶子放在手里搓，金币纷纷落到地上。

"太妙了！"伊凡说，"下次做游戏可以逗逗乡亲们了。"

"你放我走吧！"小鬼说。

"那好！"伊凡拿起大叉把小鬼叉出来，说，"上帝保佑你！"他一提到上帝，小鬼就钻到地底下，好像石头沉入大海，只留下一个窟窿。

六

两个哥哥盖了新房，分开来住。伊凡收好地里的庄稼，酿了啤酒，请两个哥哥来喝酒。两个哥哥都不来伊凡家做客。

"我们不喝庄稼人的酒。"两个哥哥说。

伊凡就请了村里男女来吃酒。他自己也喝得醉醺醺的，跑到街上跳舞。伊凡走到跳舞的人前面，要婆娘们给他唱赞歌，说："我要给你们看一样东西，你们这辈子从没见过。"

婆娘们笑了，给他唱起赞歌来。她们唱完赞歌说："好了，把东西拿出来吧。"

"马上拿来。"伊凡说。他拿起笸斗往树林里跑去。婆娘们都笑了："真是个傻子！"接着就把他给忘了。不多一会儿，伊凡跑回来，带来满满一斗东西。

"要分给你们吗？"

"分吧！"

伊凡抓起一把金币向婆娘们扔去。天哪！婆娘们都扑过去捡；男人们也跳出来你抢我夺。一个老太婆险些被人踩死。伊凡笑了。

"哼，你们这些傻子，"他说，"怎么踩起老大娘来！别急，我再给你们一些。"他又给她们扔金币，大家跑过来，伊凡把一斗金币都倒出来。大家要求他再给，他说："没有了。下次再给你们。现在让我们唱歌跳舞吧。"

婆娘们就唱起歌来。

"你们的歌不好听。"伊凡说。

"什么歌才好听啊？"她们问。

"等着，我这就给你们看。"伊凡说。

伊凡来到打谷场，抽出一捆麦秸，打下麦粒，往地上一戳说："喂，我的奴仆，把麦秸变成兵，一根麦秸变一个兵。"

一捆麦秸散开来，变成一个个士兵，有的打鼓，有的吹号。伊凡命令他们演奏歌曲，同他们一起来到街上。老百姓都啧啧称奇。士兵演奏了一阵，伊凡又把他们领回打谷场，但不许任何人跟着去。他又把士兵变回麦捆，扔到垛上。他回到家里，在屋角躺下睡觉。

七

第二天早上，大哥军人谢苗知道了这件事，来找伊凡。

"告诉我，"谢苗说，"你从哪儿弄来的士兵，后来又把他们带到哪儿去了？"

"你问这干吗？"伊凡说。

"怎么干吗？有了兵什么事都好办。你可以征服一个王国。"

伊凡大为惊讶，说："是吗？你怎么不早说？你要多少我可以给你变多少。好在我和姑娘还存了许多麦秸。"

伊凡把哥哥领到打谷场上，说："听好，我把他们变出来，你就得把他们带去，要是你想养活他们，他们一天就会把村子里的粮食吃光。"

谢苗答应把士兵带走，伊凡就给他变。他拿起一捆麦秸往打谷场上一戳，就变出了一连兵，再拿起一捆，又是一连兵。他变出许多兵来，把整块田都占满了。

"怎么样，够了吗？"

谢苗高兴地说："够了。谢谢你，伊凡。"

"那好，"伊凡说，"要是你还要，再来，我再变。今年麦秸多的是。"

军人谢苗立刻指挥军队，率领他们去作战。

军人谢苗一走，大肚子塔拉斯来了。他也知道了昨天的事，就要求弟弟说："告诉我，你从哪儿弄来的金币？我要是有这么一笔本钱，就能把天下的钱都赚到手。"

伊凡大为惊讶，说："哦，你怎么不早说？你要多少，我可以给你搓多少。"

二哥高兴地说："你就给我三笸斗吧。"

"那好，"伊凡说，"我们到树林里去，最好套一辆车，不然你拿不回来。"

他们来到树林里，伊凡采下许多栎树叶子，搓出一大堆金币。

"够了吧?"伊凡问。

塔拉斯高兴地说："暂时够了，谢谢你，伊凡。"

"那好，"伊凡说，"要是你还要，再来，我再搓，叶子多得很。"

大肚子塔拉斯装了整整一车金币，出去做买卖。

两个哥哥都走了。谢苗去打仗，塔拉斯去做买卖。军人谢苗征服了一个王国，大肚子塔拉斯赚了一大堆钱。

两个哥哥碰在一起，谢苗讲了他的兵是从哪里来的，塔拉斯讲了他的钱是从哪里来的。

军人谢苗对弟弟说："我征服了一个王国，日子过得很好，可就是缺钱，我得养活这些兵。"

大肚子塔拉斯说："我啊，攒下的钱堆成山，愁的是没有人给我看守这些钱。"

军人谢苗就说："我们去找伊凡弟弟，我叫他再变些兵来给你看钱，你叫他再搓些钱来养活我的兵。"

他们就去找伊凡。到了伊凡家里，谢苗说："弟弟，我的兵不够，你再给我变一些，哪怕再变两捆麦秸也好。"

伊凡摇摇头说："不，我再也不给你变了。"

"怎么，"谢苗说，"你不是答应过吗？"

"我答应过，"伊凡说，"可我再也不干了。"

"傻子，你究竟为什么不干啊？"

"因为你的兵打死了人。前几天我在路边耕地，看见一个婆娘运一口棺材过来，哭得好伤心。我问她：'谁死啦？'她说：'谢苗的兵打仗把我丈夫打死了。'我原来以为士兵只唱唱歌，可他们竟会杀人。我再也不给你了。"

他打定主意，再也不肯变出兵来。

大肚子塔拉斯也要求傻子伊凡再给他变些金币。

伊凡摇摇头，说："不，我再也不变了。"

"怎么，"塔拉斯说，"你不是答应过吗？"

"我答应过，"伊凡说，"可我再也不干了。"

"傻子，你究竟为什么不干了？"

"因为你的金币把米哈伊洛夫娜的奶牛夺走了。"

"怎么夺走了？"

"是这么夺走的：米哈伊洛夫娜原来有一头奶牛，孩子们都有牛奶喝，前几天她的孩子们来向我要牛奶。我就问他们：'你们家的奶牛呢？'他们说：'大肚子塔拉斯的总管走来，给了妈妈三个金币，妈妈把奶牛给了他，现在我们就没有牛奶喝了。'我原来以为你拿金币去玩玩，你却把孩子们的奶牛夺走。我再也不给你了！"

傻子坚持不给，两个哥哥只得走了。

两个哥哥边走边商量怎样解决他们的难题。谢苗说："这么办吧：你给我钱养兵，我给你半个王国，再派一些兵去看守你的钱。"

塔拉斯同意了。两个哥哥互通有无，他们都当上国王，都很富裕。

八

伊凡仍在家赡养父母，跟哑妹妹一起下地干活儿。

有一次，伊凡家的一条看门老狗病了。它一身疥癣，奄奄一息。伊凡很可怜它，问哑妹妹要了一点儿面包，放在帽子里，带出去扔给它吃。帽子破了，一个草根连同面包掉在地上。老狗把草根和面包一起吞了下去。它一吞下草根，立刻活蹦乱跳，摇动尾巴，汪汪直叫，病完全好了。

父母亲看见了，大为惊讶，问他："你拿什么把狗治好了？"

伊凡回答说："我有两个草根，能治百病，它吞了一个。"

当时正好公主生病，皇帝向全国城乡悬赏：谁能治好公主的病，谁可获重赏，如果未婚，可娶公主为妻。悬赏告示也送到了伊凡的村子。

父母把伊凡叫到跟前，对他说："你知道皇上的悬赏吗？你说你有一个草根，快去替公主治病。你这辈子就享福不尽了。"

"好吧。"伊凡说。

伊凡收拾好行装。家人把他打扮好了，他走到门口，看见一个女叫花子，她的手残疾了。

"我听说你能治病，"那女叫花子说，"你替我治治这只手，我现在连鞋都不能穿。"

伊凡说："好吧！"

他拿出草根给了女叫花子，叫她吞下去。女叫花子吞下草根，病就好了，那只手立刻能自由活动。父母亲出来送伊凡去见皇帝，听说伊凡把最后一个草根给了人，再没有东西能治好公主的病，就骂他说："你可怜一个要饭的，就不可怜公主啦？"

伊凡也可怜起公主来。他套了一辆车，把麦秸扔到车上，坐上车要走。

"傻子，你上哪儿去啊？"

"去给公主治病。"

"你还能拿什么替她治啊？"

"不要紧。"他说着赶车走了。

他来到皇宫门口，刚踏上台阶，公主的病就好了。

皇帝非常高兴，把伊凡叫去，给他华丽的衣服，把他打扮得漂漂亮亮。

"你做我的驸马吧。"皇帝说。

"那好。"伊凡回答。

伊凡娶了公主。不久皇帝死了。伊凡当上皇帝，弟兄三个都成了皇帝。

九

三弟兄各过各的日子，各人统治各人的王国。

大哥军人谢苗日子过得很好。除了麦秸变的士兵外，他又征集了许多真正的兵。他下令全国每十户抽一名壮丁，壮丁都要体格魁梧，皮肤白净，五官端正。他征集了许多这种相貌堂堂的兵，加以训练。只要有人违抗他的旨意，他就立刻派兵去执行他的命令。大家都怕他。

他的日子过得很好。他想要什么，他看中什么，全都归他所有。他派兵去掠夺他想要的一切东西。

大肚子塔拉斯的日子过得也很好。他不仅不动用伊凡送给他的钱，还大大发了财。他在他的王国里建立了良好的秩序。他把钱存在箱子里，再向老百姓抽捐收税。他收人头税、烧酒税、啤酒税、婚嫁税、丧葬税、通行税、车马税、草鞋税、包脚布税、鞋带税。他想要什么，就有什么。他有钱什么都能买到，也能雇人干活儿，因为人人都需要钱。

傻子伊凡过得也不错。他把岳父安葬好，就脱下皇袍，交给妻子藏在箱子里，仍旧穿上麻布衫裤和草鞋去干活儿。

"我闷得慌，"他说，"肚子越来越大，吃不下东西；睡不好觉。"

他把父母和哑妹接来，自己又干活儿去了。

人家对他说："你是皇帝啊！"

"那有什么，皇帝也得吃饭啊。"他回答。

一个大臣走来禀报说："我们没有钱发俸禄了。"

"那有什么，没有钱就不发。"他说。

"没有俸禄他们不肯供职。"大臣说。

"那有什么，"伊凡说，"他们不供职可以腾出手来干活儿，让他们去运厩肥，厩肥积得太多了。"

有人来向伊凡告状。

一个说："他偷了我的钱。"

伊凡却说："那有什么！这说明他需要钱用。"

大家知道伊凡是个傻子。妻子就对他说："大家都说你是个傻子。"

"那有什么。"他说。

伊凡的妻子想啊想，想个不停，但她也是个傻子。

"我怎么能违抗丈夫呢？嫁鸡随鸡，嫁狗随狗嘛。"

她脱下皇后服，藏到箱子里，去向哑姑娘学干活儿。她学会干活儿，就帮助丈夫。

聪明人纷纷离开伊凡的王国，只剩下一些傻子。大家都没有钱，靠劳动养活自己，也养活别的好人。

十

老魔鬼一直等着小鬼们的消息，想知道他们怎样使三弟兄破产，可是音信全无。他就亲自去了解。他找啊找啊，哪儿也没有找着，只发现三个窟窿。他想："显然他们都对付不了，我得亲自出马。"

他出去找寻，可是三弟兄已不在原地。他在三个王国里找到了他们。三人都当上了皇帝，过得挺好。老魔鬼大为恼怒。

"哼，"他说，"我自己来办。"

他先到谢苗皇帝那里。他改变本来面目，变成一个将军去见谢苗。

"谢苗皇帝，听说你是一位大将，我对军事也很精通，愿意为你效劳。"

谢苗皇帝考问了他一番，看他为人聪明，就把他收下了。

新来的将军教谢苗皇帝怎样建立一支强大的军队。

"第一件事，"他说，"就是多招些兵，不然你国家里游手好闲的人太多。你得把所有的壮丁都抓来当兵，这样你的军队就会变成原来的五倍。第二件事，就是多造新的枪炮，我来给你造一种枪，一次能打一百发子弹，噼噼啪啪像爆豆子一样。我再给你造一种大炮，能够喷火。不论是人，是马，是城墙，统统烧个精光。"

谢苗皇帝听从新来的将军的话，把壮丁全都抓来当兵，又开办兵工厂，造出新的枪炮，然后去攻打邻国。对方军队一出来迎敌，谢苗皇帝就命令他的军队开枪打炮，使对方立刻伤亡一半人马。邻国皇帝吓得向他投降，把国土都让给他。谢苗皇帝大喜。

"现在我要去打印度皇帝了。"他说。

印度皇帝听到谢苗皇帝的事，照搬他的一套，自己又想出种种新花样来。印度皇帝不仅抓壮丁，而且把单身妇女也抓去当兵。这样，他的军队就比谢苗皇帝的更多。他还仿造谢苗皇帝的枪炮，又发明了能在天上飞的东西，从上面扔下炸弹来。

谢苗皇帝去攻打印度皇帝，以为又能像上次那样旗开得胜，不料却玩火自焚。印度皇帝不等谢苗的军队开火，就派婆娘们从空中向谢苗的军队扔炸弹。婆娘们向谢苗的军队扔炸弹，就像用硼砂打蟑螂一样，炸得他们四散逃跑，剩下谢苗皇帝孤家寡人。印度皇帝占领了谢苗的王国，谢苗逃之夭夭。

老魔鬼收拾了谢苗，就去找塔拉斯皇帝。他变成一个商人，定居塔拉斯王国，开了一座工厂，铸造钱币。商人出高价收买各种东西，大家都拥到他那里挣钱。老百姓的钱越来越多，他们付清了税款，从此按时纳税。

塔拉斯皇帝大喜。他想："真要谢谢那个商人，今后我将有更多的钱，日子会过得更好。"塔拉斯皇帝想出了许多新花样，要造一座新的皇宫。他晓谕百姓，给他运木料、石头来盖皇宫，答应出高价。塔拉斯皇帝以为老百姓一定会像以前那样拥来干活儿。他一看，木料和石头都往商人那里运，工人都往他那里跑。塔拉斯皇帝提高价钱，商人就提得更高。塔拉斯皇帝很有钱，但商人更有钱，出的钱比皇帝更多。皇宫只得停建。塔拉斯皇帝又想修建花园。到了秋天，塔拉斯皇帝晓谕百姓，要大家来为他修建花园。结果没有人来，大家都给商人挖池塘去了。到了冬天，塔拉斯皇帝要买貂皮做新皮袄。他派大臣去买，大臣回来说："貂皮没有了，被商人买光了，他出高价把貂皮买去做地毯。"

塔拉斯皇帝要买马。他派大臣去买，大臣回来说，好马都被商人买去了，他用马运水灌池塘。皇帝一件事也办不成，谁也不给皇帝效劳，大家都去为商人干活儿，拿商人付的钱向皇帝缴税。

皇帝积聚的钱越来越多，多得没地方收藏，但他的日子却越过越差。皇帝不再出什么新主意，只求勉强过日子，但连这一点也办不到。他的处境每况愈下。厨子、车夫和仆人都离开他去给商人干活儿。他连饭都吃不上。他派人到市场买东西，那里什么也没有，都被商人收购了。大家只向皇帝缴纳税款。

塔拉斯皇帝大怒，把商人驱逐出境。商人居留在边界，继续那样干。大家为了钱还是把什么都卖给商人。皇帝山穷水尽，不进饮食，还传说，商人吹嘘要把皇后也买过去。塔拉斯皇帝心惊胆战，不知如何是好。

军人谢苗来找他，对他说："帮帮我忙，印度皇帝把我打败了。"

但塔拉斯皇帝自顾不暇。

"我有两天没吃饭了。"他回答说。

十一

老魔鬼收拾了两个哥哥，就去找伊凡。他变成一个将军，来劝伊凡建立一支军队。他说："皇帝没有军队不能过日子。你只要下个命令，我就从你的百姓中募集军人，建立一支军队。"

伊凡听了他的话，说："那好，你去建立一支军队，教他们好好唱歌奏乐，我喜欢听歌。"

老魔鬼走遍伊凡的王国，招募士兵。他宣布，当兵的每人可得一升烧酒、一顶红帽。

傻子们都笑道："酒我们自己会酿造，可以任意喝；帽子婆娘会给我们做,什么式样都会,花帽子也行,毛边的也行。"

结果没有人愿意当兵。老魔鬼又来找伊凡,说:"你那些傻子都不愿当兵,只好抓壮丁。"

"那好,你去把他们抓来。"伊凡说。

老魔鬼就发出通告,要傻子个个都来服兵役,谁不服从,谁将被伊凡皇帝处死。

傻子们走来对将军说:"你向我们宣布,不当兵,将被皇上处死,但你没说当兵将会怎么样。听说,当兵会被人打死。"

"是的,免不了会被打死。"

傻子们听了这话,越发不肯当兵,说:"我们不去,宁可在家里等死。反正人免不了一死。"

"傻子,你们真是傻子!"老魔鬼说,"当兵不一定会被打死,可是不当兵肯定会被伊凡皇帝处死。"

傻子们不知如何是好,就去问伊凡傻子皇帝:"有位将军命令我们去当兵。他说:'当兵不一定会被打死,可是不当兵肯定会被伊凡皇帝处死。'这话是真的吗?"

伊凡笑道:"什么,我一个人怎能把你们都处死?我要不是傻子,一定会向你们说个明白,可是这事我自己也弄不明白。"

"那么我们就不去当兵了。"他们说。

"那好,你们就别当了。"伊凡说。

傻子又去见将军,个个拒绝当兵。

老魔鬼看到他的阴谋没有得逞,就去巴结蟑螂王,说:

"让我们一起去征服伊凡皇帝。他没有钱，但有许多粮食、牲口和财宝。"

蟑螂王准备出征。他集合大军，备好枪炮，来到边界，侵入伊凡王国。

有人来向伊凡禀报："蟑螂王来攻打我们了。"

"没关系，"伊凡说，"让他来好了。"

蟑螂王带领大军越过边界，派先遣部队去侦察伊凡的军队。他们找啊找啊，没有找到军队。他们等啊等啊，心想伊凡的军队会不会突然从什么地方冒出来。但哪儿也没听说有伊凡的军队，跟谁打仗啊？蟑螂王派兵占领村庄。好多士兵来到一个村庄，村里的傻子都出来看，感到很惊讶。士兵掠夺傻子们的粮食和牲口，傻子们让他们拿走，谁也不自卫。士兵来到另一个村庄，情况也是这样。士兵掠夺了一天又一天，情况都一样。傻子们什么都给，谁也不自卫，还叫士兵住下来。

"可怜的人，"他们说，"要是你们那里日子不好过，那就到我们这里来过吧。"

士兵走啊走啊，哪儿也没有看到军队，到处都只有老百姓，他们自给自足，还养活别人，不但不自卫，还请人住下。

士兵们感到无聊，对蟑螂王说："我们没法儿打仗，把我们调到别处去吧。打仗就要像打仗的样子，可是这里就像在切果子冻，我们没法儿在这里打仗。"

蟑螂王大怒，命令军队踏遍王国，糟蹋村庄，破坏房屋，焚烧粮食，杀光牲口。他说："谁不服从我的命令，格杀勿论。"

士兵害怕，就执行命令。他们烧毁房屋、粮食，宰杀牲口。傻子们还是不自卫，只是痛哭流涕。老头子哭，老婆子哭，小孩子也哭。

"你们干吗欺负我们？"他们说，"你们干吗糟蹋东西？你们如果要，拿去好了。"

士兵们感到不是滋味。他们不愿再干，军队就瓦解了。

十二

老魔鬼用兵打不垮伊凡，只得走开。

老魔鬼又变成一位衣冠楚楚的老爷，到伊凡王国定居。他想像对付大肚子塔拉斯那样用金钱来打垮伊凡。他说："我是要你们好，教你们变得聪明。我要在你们这儿盖房子，办企业。"

"那好，"伊凡说，"你住下吧。"

衣冠楚楚的老爷住了一夜，第二天一早就来到广场上，拿出一大袋金币和一张纸，说："你们过得像猪一样，我来教你们怎样生活。你们照这张图纸给我盖一座房子。你们干活儿，我指挥，以后我会付给你们金币的。"

他拿出金币给傻子们看。傻子们看了很惊讶，他们从来不用金币，他们物物交换，或者以工支付。他们看到金币大为惊奇，说："这玩意儿真不错。"

傻子们就拿物品和劳动去换取老爷的金币。老魔鬼就像在塔拉斯那里一样铸造金币。人们为了换取金币，把什么东西都拿出来，干什么活儿都愿意。老魔鬼大喜，心里想："这下子我的事成了！现在我要叫傻子伊凡像塔拉斯那样破产。我要把他的肉体和灵魂统统买下来。"傻子们一弄到金币，就分给婆娘们去做项链，姑娘们拿去编在发辫里，孩子们拿到街上去玩。人人都有许多金币，他们就不再挣了。但衣冠楚楚的老爷还没有盖好一半房子，粮食和牲口也不够吃一年。老爷就通知傻子们去替他干活儿，供给他们粮食和牲口，不论送去什么东西，不论干什么活儿，都可以得到许多金币。

可是没有人去干活儿，也没有人送东西去。只偶尔有一个男孩儿或一个女孩儿拿一个鸡蛋来换金币。老爷没有东西吃了。他肚子饿了，想到村里去买点儿东西吃。他闯进一户人家，想拿一枚金币买一只母鸡，可是女主人不肯。

"我已经有许多金币了。"她说。

他又到一个寡妇家，拿出一枚金币买鲱鱼。

"我不需要金币，"她说，"老爷，我没有孩子，没有人玩金币，我自己已经有三枚可以玩玩了。"

他又到一个农民家去买面包。农民也不要钱，说："我用不着钱。你要是奉基督的名要饭，那就等着，我叫老婆切一块面包给你。"

老魔鬼甚至吐了口唾沫跑了。别说奉基督的名要饭，就连这句话他都不要听，觉得比刀割还难受。

老魔鬼终究弄不到面包。人人都有了金币。不论老魔鬼走到哪里，谁也不愿拿出东西来换钱，都说："你拿别的东西来，或者来给我们干活儿，或者奉基督的名要饭。"

可是老魔鬼除了金钱什么也没有，他又不愿干活儿，更不肯奉基督的名要饭。他十分恼怒地说："我给你们钱都不行，你们还要什么？有了钱，你们什么东西都可以买，什么人都可以雇。"

傻子们不听他的话，说："不，我们不需要钱，我们没有账要付，没有税要纳，要钱做什么？"

老魔鬼只得饿着肚子躺下睡觉。

这事传到傻子伊凡耳朵里。大家走来问他："教我们怎么办？我们那儿来了一个衣冠楚楚的老爷，他爱吃好喝好，衣服要干干净净，不愿干活儿，不肯奉基督的名要饭，只拿金币给人。大伙儿没有金币时还给他些东西，可现在谁也不给了。我们拿他怎么办？可不能让他饿死啊！"

伊凡听了他们的话，说："那好，得养活他。让他像牧人那样一家家吃派饭吧。"

老魔鬼没有办法，只得挨家吃派饭。

轮到伊凡家了。老魔鬼来吃饭，伊凡的哑妹正在做饭。那些懒汉常欺骗她。他们没干完活儿，就提早来吃饭，把饭都吃光。哑姑娘想出一个办法，看手掌来识别懒汉，谁手上有老茧，就让谁坐下吃饭；谁手上没有老茧，就让谁吃剩饭。老魔鬼钻到桌旁，哑姑娘就抓起他的手看了看，发现他的手干净光滑，还留着长指甲，但没有老茧。哑姑娘就咿咿呜呜地把老魔鬼从桌旁拉开。

伊凡的妻子对他说："老爷，别见怪，我家小姑不让手上没有老茧的人上桌。等大家吃饱了，你再吃剩下的吧。"

老魔鬼看到伊凡王国的人要拿猪食喂他，大为生气。

"你这王国里的法律真荒唐，"他说，"竟要大家用手干活儿。你们出的主意真傻。难道人家光靠一双手干活儿吗？你可知道聪明人是怎么干活儿的？"

伊凡回答说："我们傻子能知道什么呢？我们总是用双手和脊背干活儿。"

"这是因为他们都很傻，"老魔鬼说，"让我来教你们怎样用脑袋干活儿，到那时你们就会知道，用脑袋比用双手干活儿方便得多。"

伊凡感到很惊讶，说："哦，难怪人家都叫我们傻子！"

老魔鬼就说："不过用脑袋干活儿可不容易。你们不给我饭吃，因为我手上没有老茧，可你们不知道，用脑袋干活儿要困难一百倍。有时脑袋都会裂开来。"

伊凡沉思了一会儿，说："可怜的人，你干吗这样折磨自己？脑袋裂开来好受吗？你还不如干点儿轻松活儿，用双手和脊背干。"

老魔鬼说："我折磨自己是因为我可怜你们这些傻子。我要是不折磨自己，你们就永远做傻子。我一向用脑袋干活儿，现在我可以教教你们了。"

伊凡感到很奇怪，说："教教我们吧，有时候手做得太累了，可以用脑袋替换一下。"

魔鬼答应教他们。

伊凡晓谕全国，有一位衣冠楚楚的老爷来教大家用脑袋干活儿，脑袋比手更会干活儿，大家都来学习。

伊凡王国里筑了一座高高的瞭望台，有一道梯子直达台顶。伊凡把老爷带到台上，好让大家都能看见。

老爷站在台上，向大家讲话。傻子们都聚拢来看，以为老爷将在那里示范怎样用脑袋代替手干活儿。没想到老魔鬼只是讲讲不干活儿怎样可以活命。

傻子们一点儿也不懂。他们望了好一阵就散开了，各人仍去干各人的活儿。

老魔鬼在高台上站了一天又一天，一直讲个不停。他肚子饿了，可是傻子们没想到要把面包给他送到高台上。他们想，既然他用脑袋干活儿比用手更灵活，他用脑袋挣点儿面包一定毫不费力。老魔鬼在高台上站了两天，一直讲个不停。人们走来望望他，又走开了。伊凡就问他们："怎么样，那位老爷是不是在用脑袋干活儿了？"

"还没有，"他们回答，"他还在唠叨。"

老魔鬼在高台上又站了一天，身体渐渐虚弱，脚下一晃，一头撞在柱子上。有个傻子看见了，就去告诉伊凡的妻子，伊凡的妻子又跑去告诉正在地里干活儿的丈夫。

"我们去看看，"她说，"听说那位老爷在用脑袋干活儿。"

伊凡感到惊讶。

"是吗？"他说。

他掉转马头，向高台跑去。他来到高台，老魔鬼已饿得有气无力，身子摇摇晃晃，脑袋不断撞在柱子上。伊凡刚走到台前，老魔鬼脚下一绊，倒了下来，头朝下从台阶上咚咚咚地一级级滚下来。

"哦，"伊凡说，"这位老爷说的倒是实话，有时脑袋是要裂开来的。这可不比老茧，这样干活儿脑袋上会起疙瘩的。"

老魔鬼滚到扶梯下，一头撞在地上。伊凡刚要走过去看看他是不是干了很多活儿，地突然裂开，老魔鬼掉了进去，只剩下一个窟窿。伊凡搔搔后脑勺说："瞧你，真叫人恶心！这又是他！大概是那几个小鬼的爹，好厉害！"

　　伊凡一直活到现在，百姓全都来到他的王国，两个哥哥也来了，伊凡也养活他们。只要有人来说："养着我们吧！"

　　"那好，"他回答，"住下吧，我们这儿地大物博。"

　　不过，他的王国里有一个规矩：谁手上有老茧，就可以上桌吃饭；谁手上没有老茧，只能吃点儿剩菜剩饭。

人靠什么生活

我们因为爱弟兄，就晓得是已经出生入死了。没有爱心的，仍住在死中。（《新约·约翰一书》，第三章，第十四节）

凡有世上财物的，看见弟兄穷乏，却塞住怜恤的心，爱上帝的心怎能存在他里面呢？（同上，第三章，第十七节）

小子们哪，我们相爱，不要只在言语和舌头上，总要在行为和诚实上。（同上，第三章，第十八节）

爱是从上帝来的，凡有爱心的，都是由上帝而生，并且认识上帝。（同上，第四章，第七节）

没有爱心的，就不认识上帝，因为上帝就是爱。（同上，第四章，第八节）

从来没有人见过上帝。我们若彼此相爱，上帝就住在我们里面。（同上，第四章，第十二节）

上帝就是爱。住在爱里面的，就是住在上帝里面，上帝也住在他里面。（同上，第四章，第十六节）

人若说，我爱上帝却恨他的弟兄，就是说谎话的。不爱他所看见的弟兄，就不能爱没有看见的上帝。（同上，第四章，第二十节）

一

从前有个鞋匠，他带着老婆、孩子租了农民的一所小房子，住在那里。他没有自己的房子，没有土地，靠做鞋养家糊口。粮食贵，工钱贱，挣得的钱全部吃光。夫妻俩只有一件皮袄，而且这件皮袄也已穿得破破烂烂。鞋匠想买一块羊皮做件新皮袄，为此他已攒了一年多的钱。

到今年秋天，鞋匠已攒了一些钱；老婆箱子里藏着一张三卢布钞票，还有五卢布二十戈比是村里农民欠他的债。

一天早晨，鞋匠打算去村里买羊皮。他在衬衫外面穿上老婆的布棉袄，外面再套一件布长袍，口袋里放着那张三卢布钞票。他折了一根棍子，吃过早饭就动身。他想："我从农民那里收来五卢布，再加上自己的三卢布，就可以买一块羊皮做新皮袄了。"

鞋匠来到村里，走进一个农民家，农民出去了，他老婆没钱，但答应一星期内叫丈夫送去。他去找另一个农民，那农民指天发誓说他没有钱，只付了二十戈比修鞋费。鞋匠想赊一块羊皮，可是卖皮货的信不过他。

"拿钱来，"他说，"皮子随你挑，我可尝过讨债的滋味。"

结果鞋匠一事无成，只收到二十戈比修鞋钱，还有一双旧毡靴，那是一个农民要他拿回去用皮子码边的。

鞋匠垂头丧气，拿二十戈比全喝了伏特加，空着一双手回家。早晨，鞋匠感到寒冷彻骨，但喝了点儿酒，不穿皮袄也还暖和。鞋匠走大路回家，一手拿棍子敲着冰冻的地面，一手摇摇晃晃提着毡靴，嘴里自言自语："我不穿皮袄也挺暖和。一杯酒下肚，浑身发热，皮袄都用不着了。我现在高高兴兴回家去。嗨，我就是这样一个人！有什么可烦恼的？没有皮袄照样活下去。我一辈子也用不着皮袄，可是老太婆会不高兴的。再说，你整天给人干活儿，却一个钱也拿不到，总叫人生气。哼，你要是不拿钱来，我就摘你帽子，真的，摘你帽子。要不这像什么话？一次只给你二十戈比！哼，二十戈比能干什么？只能喝一盅。他说他手头紧。你手头紧，我就不紧？你有房子，有牲口，什么都有。你有自己种的粮，可我得花钱买粮吃。不论怎么说，我光买面包每星期就得三个卢布。我回去，家里没有面包，又得掏出一个半卢布去买。所以你得把欠的钱还我。"

这时鞋匠来到大路转角处的一座小教堂旁。他看见教堂那边有个白乎乎的东西。天已黑下来，鞋匠仔细看了半天，也看不清究竟是什么。他想："石头吗？这里没有这样的石头。牲口吗？又不像牲口。脑袋有点儿像人，但怎么会是白乎乎的？再说，人怎么会待在那里？"

他走近些，看清楚了。真稀奇，的确是一个人，但不知是死是活，光着身子坐在那里，身子靠在教堂墙上，一动不动。鞋匠很害怕，心里想："准是谁杀了他，剥去衣服，把他扔在这里。我要是再走近点儿，就脱不了干系啦。"

鞋匠从旁边绕过去，走到教堂后面就看不见那个人了。他走过教堂，回头一看，那人已不再靠着墙壁，身子在动，仿佛也瞧着他。鞋匠越发害怕，心里想："走过去，还是绕开？走过去，难保不出事，谁知道他是什么人？他落到这里准不是什么好事。要是走过去，他跳起来掐我的脖子，我就别想脱身了。即使他不掐脖子，你能拿一个光身子的人怎么办？总不能把自己身上最后一件衣服脱给他吧。上帝保佑！"

鞋匠加快脚步，眼看就要绕过教堂，但他的良心不答应。

鞋匠在路上站住。

"谢苗，你这算什么呀？"他自己对自己说，"人家遭难都快死了，你却害怕，想绕过去。难道你发了大财，怕人家抢你的钱吗？唉，谢苗，这样可不好！"

谢苗转身向那人走去。

二

谢苗走到那人身边，仔细一看，发现他年轻力壮，身上没有伤痕，但是几乎冻僵了。这可把他吓坏了。那人斜靠在墙上，眼睛不看谢苗，样子非常虚弱，连眼皮也抬不起来。谢苗走到他跟前，那人仿佛突然清醒过来，转过头，睁开眼睛，瞧了瞧谢苗。他的目光引起谢苗的爱怜。谢苗把毡靴往地上一扔，解下腰带放在毡靴上，然后脱下长袍。

"你不用说什么！"谢苗说，"快穿上！来！"

谢苗抓住那人的臂肘，扶他站起来。那人站了起来。谢苗看到他身体细长、干净，手脚完整，相貌和蔼可亲。谢苗把长袍披在他肩上，可是他的手臂伸不进衣袖。谢苗把他的手塞进衣袖里，给他掩上前襟，束好腰带。

谢苗摘下破便帽，想给那人戴上，但自己头上感到冷。他想："我的头全秃了，他却有一头长长的鬈发。"于是他又戴上帽子，"还是给他穿上靴子吧。"

谢苗让他坐下，给他穿上毡靴。

谢苗给他穿好衣服说："好了，兄弟。你活动活动身子，暖和暖和。别的我就不管了。你能走吗？"

那人站在那里，温柔地瞧着谢苗，但说不出话来。

"你怎么不说话？总不能在这里过冬啊。得到有人家的地方去。喏，把我的棍子拿去，你身子虚，就拄着棍子走。打起精神来！"

那人就迈开步子。他走得挺轻松，没有落后。

他们在大路上走着，谢苗问："你是哪里人？"

"我不是本地人。"

"本地人我都认识。你怎么会到教堂这儿来的？"

"我不能告诉你。"

"是不是有人欺负你了?"

"谁也没有欺负我。是上帝惩罚我。"

"当然,一切都是上帝的旨意,但你总得找个地方安顿啊。你要上哪儿去?"

"我都无所谓。"

谢苗听了觉得奇怪。那人不像个泼皮,说话也挺温和,可自己的事却绝口不谈。谢苗想:"天下什么怪事没有啊。"接着就对他说:"好吧,您就到我家去吧,哪怕去暖和暖和身子也好。"

谢苗向家里走去,陌生人跟在他旁边。起风了,谢苗穿着衬衫感到冷,他已酒意全消,身体都快冻僵了。他走着,吸着鼻子,掩紧身上的女短袄,想:"哼,买皮袄,买皮袄,回来连长袍都没有了,还带回一个光身男子。玛特廖娜准会不高兴的!"一想到玛特廖娜,谢苗就很担忧。他望望陌生人,记起那人在教堂旁的目光,心里感到一阵温暖。

三

谢苗的妻子一早就料理好家务。她劈了柴,打了水,让孩子们吃饱,自己也吃了点儿东西,坐着想心事。她在考虑,面包今天做还是明天做?家里还剩有一大块面包。

她想:"谢苗要是在那里吃了中饭,晚饭就吃不了多少,面包就够明天吃了。"

玛特廖娜反复掂着那块面包的重量,想:"今天不做面包吧。面粉只够烤一炉面包了,我们得熬到星期五。"

玛特廖娜收拾好面包，坐到桌子旁给丈夫补衬衫。她一面补，一边想着丈夫，不知他会买一块怎样的羊皮回来。

　　"他可别被卖皮的骗了。我男人实在是个老实人。他从来不骗人，可是连小孩子都会让他上当。八个卢布不是个小数目，可以做一件好皮袄。就算不是熟皮，也总是一件皮袄。去年冬天没有皮袄可难过啦！去河边不行，去哪儿都不行。他出门把衣服都穿走，我就没有衣服穿了。他今天出门不算早，但也该回来了。我这个亲人总不会去喝酒吧？"

　　玛特廖娜刚想到这里，台阶上就响起吱吱嘎嘎的声音，有人走进来。她把针插好，看见进来的有两个人：谢苗和一个汉子，那汉子光着头，脚上却穿着毡靴。

　　玛特廖娜立刻闻到丈夫身上酒气熏天。她想："哼，真的喝过酒了。"她看见他身上没有穿长袍，只有一件女短袄，空着一双手，一声不吭，显出一副畏畏缩缩的样子，她的心都凉了。她想："他准是把钱都喝光了，同这种浪荡汉鬼混，还把他带回家来。"

　　玛特廖娜让他们走进屋，自己也跟着进去。她发现这个陌生人年纪很轻，瘦瘦的，身上穿着他们家的长袍。长袍里没有衬衫，头上没戴帽子。他一进来，就垂下眼睛，一动不动地站着。玛特廖娜想，看来不是个正经人，这么鬼鬼祟祟的。

　　玛特廖娜皱起眉头，走到灶边，冷眼看他们怎么样。

　　谢苗摘下帽子，规规矩矩地坐到长凳上。

　　"哎，玛特廖娜，"谢苗说，"给我们吃晚饭吧！"

　　玛特廖娜低声嘀咕着。她一动不动地站在灶旁，一会儿看看这个，一会儿望望那个，不住地摇头。谢苗看到老婆不高兴，但他无可奈何。他装作没注意，拉起陌生人的手说："坐吧，兄弟，我们吃饭吧。"

陌生人在长凳上坐下。

"怎么，饭还没做吗？"

玛特廖娜火冒三丈。

"做了，可不是为你做的。我看你是喝糊涂了。你出去买皮袄，可回来连长袍也没有了，还带来一个光身子的无赖。我这儿没有你们酒鬼吃的饭！"

"够了，玛特廖娜，别胡说八道！你得先问问他是个什么人……"

"你说说，钱到哪儿去了？"

谢苗伸手到长袍口袋里，掏出钞票，把它摊开来。

"钱在这里，特里丰诺夫没给钱，他答应明天给。"

玛特廖娜特别生气的是，他皮袄没有买，把最后一件长袍给了一个光身子的人，还把他领回家来。

她一把抓住桌上的钞票，把它藏好，说："我没有晚饭。光身子的酒鬼太多了，喂不过来。"

"喂，玛特廖娜，别乱说。先听听人家……"

"酒鬼的傻话我可听够了。是的，我当初就不肯嫁给你这个酒鬼。妈妈给我的麻布被你喝掉了，这回买皮袄的钱又被你喝掉了。"

谢苗要向妻子解释他只喝掉二十戈比，他要说明他在哪儿找到这个人，但玛特廖娜不让他插嘴。她喋喋不休地说个没完，连十年前的旧账都翻了出来。

玛特廖娜说着说着，突然冲到谢苗跟前，抓住他的衣袖。

"还我的短袄。我只剩下这么一件衣服，你还要从我身上剥去，穿到自己身上。拿来，癞皮狗，叫你不得好死！"

谢苗从身上脱下短袄，把一个衣袖翻了过来，玛特廖娜一扯，把线脚都扯开了。玛特廖娜抓住短袄套到头上，走到门口。她想出去，但又站住。她怒气冲天，很想发作，但又想知道来的是个什么人。

四

玛特廖娜在门口站住说："他要是个好人，也不会光着身子，可他连衬衫都不穿一件。他要是干的正经事，你也得说说从哪儿弄来这样一个花花公子。"

"对，我正要告诉你：我在路上看见这个人光着身子坐在教堂旁，完全冻僵了。又不是夏天，怎么能光着身子？上帝让我碰上他，要不他会冻死的。咳，叫我怎么办？天知道他会怎么样！我就把他拉起来，给他穿上衣服，带回家来。你别这样发火，玛特廖娜，罪过啊！我们都是凡人，有一天都要死的。"

玛特廖娜正要破口大骂，但看了陌生人一眼，就不作声了。陌生人坐在凳子边上，一动不动。他的双手放在膝盖上，头垂在胸前，眼睛闭着，眉头皱紧，仿佛喘不过气来。玛特廖娜没作声。谢苗说："玛特廖娜，难道你心里没有上帝吗？！"

玛特廖娜听见这话，又瞧了陌生人一眼，她的心肠顿时软了下来。她从门边走到灶旁，端出晚饭。她把碗放在桌上，倒了一碗克瓦斯，拿出最后一块面包，又给了陌生人刀和匙子。

"您吃吧!"她说。

谢苗推了推陌生人说:"坐吧,年轻人!"

谢苗切了面包,把它撕碎,吃起来。玛特廖娜坐在桌子角上,一只手托着脑袋,望着陌生人。

玛特廖娜可怜陌生人,对他产生了好感。陌生人也突然高兴起来,不再皱眉头,抬眼望望玛特廖娜,微微一笑。

他们吃完晚饭,女主人收拾好餐桌,问陌生人:"你是哪里人?"

"我不是本地人。"

"你怎么落到大路上的?"

"我不能说。"

"是不是有谁抢劫了你?"

"是上帝惩罚我。"

"你就这样光着身子躺在那儿吗?"

"就这样光着身子躺在那儿,我冻坏了。谢苗看见我,可怜我,把身上的长袍脱下来给我穿上,叫我到这儿来。到了这儿,你也可怜我,给我吃,给我喝。上帝保佑你们!"

玛特廖娜站起来,从窗上取下她刚补好的谢苗的旧衬衫递给陌生人,还找出一条裤子给他穿。

"拿去吧,我看你身上没有衬衣。你穿上,爱睡哪儿就睡哪儿,睡阁楼也行,睡炕也行。"

陌生人脱下长袍,穿上衬衫和裤子,躺到阁楼上。玛特廖娜熄了灯,拿起长袍,爬到丈夫身边。

玛特廖娜拿长袍一角盖在身上躺下来,但是睡不着,脑子里一直想着陌生人。

她想到，最后一块面包让他吃掉，他们明天就没有面包了。她想到，她给了他衬衫和裤子，心里闷闷不乐。可她想到他的微笑，心里便高兴了。

玛特廖娜好久都没有睡着，她听见谢苗也没有睡着，把长袍往他那边拉。

"谢苗!"

"嗯!"

"面包都吃光了，可我没发面。我不知道明天怎么过。是不是去向邻居玛拉尼雅借一点儿?"

"活一天是一天，不会挨饿的。"

老婆又躺了一会儿，不再作声。

"看样子他是个好人，只是干吗不肯讲他的来历?"

"大概不便说吧。"

"谢苗!"

"嗯!"

"我们给人家东西，可是怎么没有人给我们东西啊?"

谢苗不知道怎么回答，他只说："别啰唆了!"他转了个身，睡着了。

五

第二天早晨谢苗醒来，孩子们还睡着，妻子向邻居借面包去了。那个陌生人穿着旧裤旧衬衫独自坐在长凳上，眼睛向上望。他的气色比昨天好。

谢苗说："朋友，肚子饿了要吃面包，身子光着要穿衣服。人得养活自己。你会干什么活儿？"

"我什么也不会。"

谢苗感到奇怪，就说："只要肯学，什么都学得会的。"

"人家都在干活儿，我也要干。"

"你叫什么名字？"

"米哈伊尔。"

"那么，米哈伊尔，你不愿谈自己，这随你的便，但你得养活自己。你要是能照我的话做，我就养你。"

"上帝保佑你，我愿意学。你教我怎么干都行。"

谢苗拿起纱，把它绕在手指上捻。

"你瞧，这事并不难……"

米哈伊尔瞧了一会儿，也把纱绕在手指上捻了起来。

谢苗教他给纱线上蜡。米哈伊尔立刻懂了。主人又教他把鬃毛捻到纱线上，怎样上靴子。米哈伊尔也立刻学会了。

不论谢苗教他做什么，他都一学就会。第三天他开始独自干活儿，仿佛做了一辈子的鞋。他干活儿不休息，吃得又少。工作间歇，他不说话，眼睛望着天空。他不上街，不闲聊，也不开玩笑。

只有第一天晚上，女主人给他吃晚饭，他才微微笑了笑。

六

日子过了一天又一天，过了一周又一周，不觉已过了一年。米哈伊尔仍在谢苗家干活儿。他的名声传开了：他做的靴子又挺括又结实，谁也比不上。附近一带的人都来找谢苗定做靴子，他的日子越过越富裕。

冬季的一天，谢苗和米哈伊尔正在干活儿，有一辆带铃铛的三驾雪橇向他家驶来。他们向窗外一望，看见雪橇在门口停下，一个汉子从驭座上下来，打开雪橇门。一位老爷身穿皮大衣，走下雪橇。他下了雪橇，走到谢苗家门口。玛特廖娜连忙起来打开门。老爷低下头走进小屋，又挺直身子，脑袋差点儿碰到天花板。他高大的身子把屋角都塞满了。

谢苗站起来鞠了一躬，看到老爷觉得很奇怪。他从没见过这样的人。谢苗自己筋脉毕露，米哈伊尔皮包骨头，玛特廖娜像一片木板，而这位老爷却像来自另一个世界：面色红润，体格魁梧，脖子粗得像公牛。他的整个身体就像用生铁铸成的。

老爷气喘吁吁，脱下皮大衣，坐在凳子上说："谁是鞋匠老板？"

谢苗走过去说："是我，老爷。"

老爷对他的跟班吆喝道："喂，费杰卡，拿皮子来。"

跟班跑进来，拿来一个包裹。老爷接过包裹，把它放在桌上。"解开来。"他说。跟班解开包裹。

老爷用一个手指戳戳皮子，对谢苗说："喂，听我说，鞋匠。你看见皮子了吗？"

"看见了，"谢苗说，"老爷。"

"那你知道这是什么皮子吗？"

谢苗摸摸皮子，说："皮子挺好。"

"对，挺好！你这傻瓜还没见过这样的皮子吧。这是德国货，我花二十卢布买来的。”

谢苗吓了一跳，说：“我们哪里见过。”

“对了，一点儿不错。你能用这块皮子给我做一双靴子吗?”

“能，老爷。”

“这就对了。你要明白，你这是给谁做靴子，用的是什么皮子。我要你替我做一双靴子，穿上一年不走样、不开线。你能，就拿去裁；你不能，就别动。我把丑话说在前头：要是不到一年靴子开线、走样，我叫你坐班房；要是穿上一年不走样、不开线，我给你十卢布工钱。”

谢苗害怕了，不知道怎样回答。他回头瞧瞧米哈伊尔，用臂肘推推他，低声问：“接不接?”

米哈伊尔点点头，说：“接。”

谢苗听了米哈伊尔的话，同意做一双一年不走样、不开线的靴子。

老爷唤来跟班，脱下左脚的靴子，伸直腿。

“给我量尺寸!”

谢苗缝了一个十俄寸①长的纸样，把它抚平，又跪下来，在围裙上仔细擦了擦手，以免弄脏老爷的袜子，这才动手量尺寸。谢苗量了鞋底，量了脚背，再量小腿肚，可是纸不够大。他的小腿肚粗得像圆木。

“注意，靴筒不要做得太紧。”

谢苗又缝了一个纸样。老爷坐着，动动穿着袜子的脚趾，

---

① 一俄寸合 4.44 厘米。

环顾屋里的人。他看见米哈伊尔。

"这人是谁啊?"他问。

"他是我这里的师傅,靴子由他给您做。"

"留神啊,"老爷对米哈伊尔说,"记住,要一年穿不坏。"

谢苗回头看了看米哈伊尔,看见米哈伊尔根本不瞧老爷,却盯着老爷后面的角落,仿佛盯着什么人。米哈伊尔望着,望着,突然微微一笑,容光焕发。

"傻瓜,你龇牙咧嘴干什么?你还是留点儿神,到时候把靴子做好。"

米哈伊尔说:"到时候一定做好。"

"那就对了。"

老爷穿上靴子,掩上皮袄,向门口走去。他忘了弯弯腰,头在门楣上撞了一下。

老爷破口大骂,摸摸脑袋坐上雪橇走了。

老爷走后,谢苗说:"哼,这可是个人物。这样的汉子棍子也打不倒。门楣都快被他撞倒,可他却没有事。"

玛特廖娜说:"过这样的日子怎么会不胖!这样的树墩连死神也搬不动。"

七

谢苗对米哈伊尔说:"活儿是接下来了,我们可别给自己惹麻烦。皮子很贵,老爷脾气又大,可不能出岔子。你来吧,你眼睛尖,手艺比我强。这是尺寸,你来裁,我来上靴头。"

米哈伊尔听从他的话,拿起老爷的皮子摊在桌上,折成两半，拿起剪刀动手裁剪。

玛特廖娜走过来，看米哈伊尔裁皮子，对他的裁法感到惊讶。玛特廖娜看惯鞋匠活儿，现在看见米哈伊尔不按鞋匠的规矩裁，而是剪成圆形。

玛特廖娜想说但没有说出来："看来是我不懂怎样给老爷做靴子。米哈伊尔一定更懂行，我还是不要去干涉他。"

米哈伊尔裁好一双，拿起麻线缝，但不像一般做靴子那样用两根线，而是像做便鞋那样只用一根线。

玛特廖娜看见这情景感到奇怪，但还是没说什么。米哈伊尔则一直缝下去。到吃午饭的时候，谢苗站起来，看见米哈伊尔已用老爷的皮子做了一双便鞋。

谢苗大吃一惊。他想："这是怎么搞的，米哈伊尔来了整整一年，还从未出过岔子，这回竟会闯下这样大的祸？老爷要做一双有缘条的皮靴，他却做了一双不打底的便鞋，把皮子都糟蹋了。如今叫我怎样向老爷交代？这样的皮子上哪儿去找啊？"

他对米哈伊尔说："朋友，你这是怎么啦？你这是要我的命！老爷定的是一双靴子，可你做了什么？"

他刚在责备米哈伊尔，门环响了起来，有人敲门。他们往窗外一看，看见一个人骑马跑来，正在系马。他们开了门，进来的是老爷的跟班。

"你们好！"

"你好！你有什么事？"

"太太派我来取靴子。"

"什么靴子?"

"靴子嘛!我家老爷已用不着靴子了。他归天了。"

"你说什么?"

"他离开你们,还没到家就死在雪橇上。雪橇一到家,我们要扶他下雪橇,可他已像口袋那样倒在雪橇里。他已经死了,身子都硬了。我们好不容易才把他抬下雪橇。太太就派我到这儿来。她说:'你对鞋匠说,老爷向你们定了一双靴子,还留下皮子,现在他不要靴子了,你赶快拿皮子给他做一双死人穿的便鞋。'她还叫我等着,等你们一做好就把鞋带回家。所以我来了。"

米哈伊尔捡起桌上裁剩的皮料卷起来,拿起两只做好的便鞋拍了一下,又用围裙擦了擦,交给跟班。

跟班接过便鞋说:"再见,老板!祝你好运!"

八

又过了一年,两年……米哈伊尔住在谢苗家不觉已是第六个年头了。他还是那样过日子,哪儿也不去,多余的话一句也不说,脸上只出现过两次笑容:一次是女主人第一回请他吃晚饭,另一次是那个老爷来定靴子。谢苗对他这个工人真是再满意不过了。他不再问他从哪儿来,只担心他离开他们。

有一天,他们都在家。女主人正把锅子放在灶上,孩子们在长凳上嬉戏,眼睛望着窗外。谢苗在一个窗口上钉靴子,米哈伊尔在另一个窗口钉鞋跟。

一个男孩儿从长凳上跑到米哈伊尔旁边,靠在他肩上,眼睛望着窗外。

"米哈伊尔叔叔，你瞧，老板娘带着几个姑娘到我们家来了。有一个姑娘是瘸子。"

男孩儿一说完这话，米哈伊尔就扔下活儿，转身往街上望。

谢苗感到奇怪。米哈伊尔一向不往街上望，现在却伏在窗口望着什么。谢苗也往窗外望了望，果然有一个女人向他家走来，衣服干干净净，手里拉着两个身穿皮袄、头包羊毛围巾的女孩儿。两个女孩儿长得一模一样，叫你没法儿分辨，只是一个女孩儿左腿有毛病，走路一瘸一拐的。

那女人上了台阶，走进门廊，摸到门，抓住把手，打开门。她让两个女孩儿走在前头，自己跟着走进屋里。

"你好，老板！"

"请进。有什么事啊？"

那女人在桌旁坐下。两个女孩儿伏在她的膝上，她们看到陌生人有点儿害怕。

"想给这两个姑娘做两双春天穿的皮鞋。"

"行，没问题。我们没有做过这样小的鞋，但我们能做。有缘条的，没缘条的，都行。我们这位米哈伊尔师傅手艺可好啦。"

谢苗回头望了望米哈伊尔，看见他放下活计坐在那里，眼睛盯住两个小姑娘。

谢苗觉得米哈伊尔很怪。他想，这两个姑娘确实长得不错：黑眼睛，红脸颊，胖鼓鼓的，她们身上的小大衣也挺漂亮。但谢苗不明白，米哈伊尔为什么这样盯着她们，仿佛认识她们似的。

谢苗感到困惑不解。他同那女人讲价钱，讲好价钱，动手量尺寸。女人把瘸腿的女孩儿抱到膝上，说："你替这姑娘量两个尺寸；给这只跛脚做一只鞋，给这只好脚做三只鞋。她们俩的脚一样大。她们是双胞胎。"

谢苗量了尺寸，指着瘸腿的姑娘说："她怎么会弄成这样？这么好看的姑娘。生下来就是这样的吗？"

"不，是她母亲把她压坏的。"

玛特廖娜想知道那女人是谁，姑娘们又是谁的孩子，就问："那你不是她们的母亲吗？"

"老板娘，我不是她们的母亲，也不是亲戚，我完全是外人，只是领养了她们。"

"她们不是你自己的孩子，你却这样疼她们。"

"我怎能不疼她们呢？是我用自己的奶把她们喂大的。我自己有过一个孩子，可是上帝把他召去了，我疼他还不如疼她们呢。"

"那她们到底是谁的孩子啊？"

九

那女人就把事情从头到尾讲了一遍：

"大概六七年前吧，她们的父母在一个星期里相继去世。星期二刚葬了父亲，星期五母亲也死了。父亲在这两个孤儿出世前三天就死了，母亲生下她们连一天也没有活满。当时我跟丈夫住在乡下种庄稼，跟他们是邻居，两家门挨着门。她们的父亲一个人在树林里干活儿。那一天一棵树倒下来，把他拦腰压住，内脏都压了出来。他被抬到家里，就把灵魂交给了上帝。他老婆就在那个星期生下双胞胎，就是这两个姑娘。贫穷，孤独，上无老，下无小。她孤独地生下孩子，孤独地死去。

"第二天早晨我去看望邻居，走进小屋，她这个可怜人已经僵了。她死的时候身子把这个姑娘压住。她就这样把她的一条腿压坏了。乡亲们走来，把她洗干净，换上衣服，装进棺材，把她埋了。都是好人帮的忙。只留下两个没爹没娘的娃娃。怎么办？当时村里只有我一人奶娃娃，我正在喂养我那才八个星期的头生儿。我就把她们暂时带回家。庄稼人聚在一起，反复商量拿她们怎么办。他们对我说：'玛丽雅，你先把这两个娃娃带回家去，我们再想想办法。'我用奶先喂没病的那个娃娃，却不喂腿被压坏的娃娃，我想她恐怕活不成了。但后来又想，怎么能亏待那个小东西呢？我也可怜她，我就一人喂三个——自己的一个再加上这两个！我当时年轻力壮，吃得又好。上帝开恩，奶汁多得直往外流。我常常同时喂两个，让第三个等着。等两个喂饱了，再喂第三个。上帝保佑，我把这两个喂大了，可自己那一个不满两岁就死了。上帝从此没再给我孩子，不过我们的日子越过越宽裕。现在，我丈夫在磨坊干活儿，工钱多，日子过得挺好，可我们没有自己的孩子。要是没有这两个姑娘，我真不知道日子怎么过！叫我怎能不疼她们呢？她们是我的心头肉！"

女人一手搂住瘸腿的姑娘，一手擦着脸上的眼泪。

玛特廖娜叹了口气，说："常言说得好：没有爹娘还能过，没有上帝无法活。"

她们这样谈了一会儿，那女人站起来走了。主人两口子送她走，又回头望望米哈伊尔，只见米哈伊尔双手放在膝盖上，仰天微笑着。

十

谢苗走到他跟前说："米哈伊尔，你怎么啦？"

米哈伊尔从长凳上站起来，放下活计，解下围裙，向主人两口子鞠躬说："当家的，请你们饶恕我。上帝已经饶恕了我，你们也饶恕我吧。"

主人两口子看见米哈伊尔身上发出一道光。谢苗站起来，向米哈伊尔鞠了一躬说："米哈伊尔，我知道你不是一个凡人，我不能留你，我也不能盘问你。只是请你告诉我：为什么当我发现你，把你领回家时，你神情忧郁，等我老婆给你端来了晚饭，你对她一笑，从此你就变得高兴了？为什么后来老爷来定做靴子，你又笑了一次，而且从此变得更开心？现在，那女人带了两个姑娘来，你第三次笑了，而且容光焕发，精神振奋。告诉我，米哈伊尔，为什么你身上会发光，而且笑了三次？"

米哈伊尔回答说："我身上发光，那是因为上帝惩罚我，如今上帝饶恕我了。我笑了三次，因为我必须懂得上帝的三个道理，现在都懂了。那天你妻子可怜我，我懂得了第一个道理，因此第一次笑了。后来富人来定做靴子，我懂得了第二个道理，因此第二次笑了。现在我看见两个姑娘，我懂得了第三个道理，也就是最后一个道理，因此第三次笑了。"

谢苗又问："告诉我，米哈伊尔，上帝为什么要惩罚你，上帝的那三个道理是什么。"

米哈伊尔说："上帝惩罚我，因为我不听他的话。我原是天上的天使，但我不听上帝的旨意。

"我本是天上的天使，上帝派我去勾一个女人的魂。我降到地上，看见一个女人生病躺在床上，她一胎生了两个女孩儿。两个娃娃在母亲身旁蠕动，但她没有力气把她们抱过来喂奶。那女人看见我，知道是上帝派来取她的魂的，就哭诉道：'天使啊！我的丈夫刚刚落葬，是被一棵树压死的。我没有姐妹，没有姨妈，没有婆婆，没人帮我养孩子。你先别取我的魂，让我先把两个孩子喂养长大！孩子没爹没娘活不成！'我听了她的话，把一个娃娃放在她怀里吃奶，另一个让她搂着，自己回到天上。我飞到上帝面前说：'我不能取走产妇的灵魂。她男人被树压死了，她自己生了双胞胎，恳求我不要取走她的灵魂，说让她把孩子喂养长大，孩子没爹没娘活不成。我就没有取走产妇的灵魂。'上帝就说：'你再去取那产妇的灵魂，并且弄懂三个道理：第一，人心里存在着什么；第二，人天生缺少什么；第三，人靠什么生活。等你弄懂了这三个道理，你就回天上来。'我又降到地上，取走了产妇的灵魂。

"两个娃娃就离开奶头。死人横在床上，压住了一个娃

67

娃，把她的一条腿压坏了。我升到村庄上空，想把产妇的灵魂带给上帝，可是一阵风吹来把我的翅膀吹落，她的灵魂就单独去见上帝，而我就落到大路旁的地上。"

十一

谢苗和玛特廖娜这时才明白他们收留的人是谁，跟他们住在一起的人是谁，他们又惊又喜，不禁哭了起来。

天使说："我就独自光着身子落在田野里。以前我不知道人们的贫困，不知道饥寒，这下我可成为人了。我肚子饿，身上冷，但不知道怎么办。我看见田野里有一座为上帝盖的教堂，就走到那儿，想在那里安身。教堂锁着，进不去。我坐在教堂后面避风。到了晚上，我又饿又冷，全身疼痛。忽然听见有人沿大路走来，手里拿着靴子，自言自语。我这是变人以后第一次看见一张凡人的脸，这脸使我害怕，我就转过身去。我听见这人在自言自语，盘算冬天用什么御寒，怎样养活老婆孩子。我想：'我又饿又冷，现在来了一个人，可他只考虑怎样搞到皮袄给自己和妻子御寒，怎样弄到粮食充饥，他是不会帮助我的。'这人看见我皱起眉头，样子更加可怕，他从我身旁走过去。我绝望了。忽然我听见这人走回来。我朝他一看，简直认不出了：他的脸原来死气沉沉，如今变得生气勃勃，我从他脸上认识了上帝。他走到我跟前，给我衣服穿，把我领回家。我走进他家，一个女人朝我们走过来，嘴里说着什么。这女人比男人更可怕，嘴里吐出一股死气，憋得我喘不过气来。她想把我赶到冰天雪地里，我知道，她要是把我赶出去，她准会死掉。她丈夫突然向她提到上帝，她的态度顿时变了。她给我们端来晚饭，眼睛瞧着我，我也看了她一眼，她身上的死气已没有了，变得生气勃勃，我又从她身上认识了上帝。

"我记起上帝的第一句话：'人心里存在着什么。'我知道人心里存在着爱。上帝向我启示他交代的事，我感到高兴，第一次笑了。但我还没懂得另外两个道理。我不懂得人天生缺少什么，以及人靠什么生活。

"我在你们家里住了一年。有人来定做靴子，要能穿上一年不走样、不开线。我瞧了他一眼，忽然看见他背后有我的同伴死亡天使的影子。这个天使，除了我，谁也看不见，可我认识他，并且知道不等太阳落山这个富人的灵魂就会被取走。我想：'这人要做一双可以穿上一年的靴子，却不知道自己已活不到晚上。'于是我想起了上帝说的另一句话：'人天生缺少什么。'

"人心里存在着什么，我已知道了。现在我又知道人缺少什么。人们不知道他们为了自己的肉体需要什么。我又一次笑了。我高兴的是因为看见了我的同伴死亡天使，上帝又向我启示了第二个道理。

"但我还不懂得第三个道理。我还不懂得人靠什么生活。于是我继续等待上帝向我启示最后一个道理。第六年出现了双胞胎姑娘和那个女人。我认出这两个姑娘，知道她们是怎样活下来的。我当时想：'母亲为了孩子求我不要取走她的灵魂，她说没有爹妈孩子们活不成，我相信了她的话，可是另一个女人把她们喂养长大了。'当这个女人爱惜别人的孩子并且痛哭流淌时，我从她身上看到了活生生的上帝，我懂得了人靠什么生活。我懂得上帝向我启示了最后一个道理并且饶恕了我，我就第三次笑了。"

十二

天使光着身子，全身发光，肉眼无法逼视。他说话的声音越来越响，仿佛这声音不是出自他的嘴，而是自天而降。天使说："我知道，一切人活着不是靠自私，而是依靠爱。

"做母亲的不知道她的孩子要活下去需要的是什么。那富人不知道他究竟需要什么。谁也不知道，到傍晚他需要活人穿的靴子，还是死人穿的便鞋。

"我变成了人，我活着不是依靠自己的打算，而是依靠一个过路人和他妻子的爱心，他们怜悯我，爱我。两个孤女能活下来，不是依靠母亲的照顾，而是依靠一个陌生女人心中的爱，她怜悯她们，爱她们。一切人活着不是依靠自己的打算，而是依靠人们心中的爱。

"以前我知道上帝赐给人们生命，要他们活在世上。现在我知道的事更多了。

"我懂得了，上帝不愿人们分开来生活，因此不向他们启示每个人单独需要什么；他要人们一起生活，因此向他们启示为了自己和为了大伙儿需要什么。

"现在我懂得了，人们以为他们活着靠自己的盘算，其实他们活着全靠爱。谁生活在爱之中，谁就生活在上帝之中，上帝就在他心里，因为上帝就是爱。"

天使对上帝唱起了赞美诗，他的歌声震动了小屋。这时房顶开了，一根火柱从地面直冲天上。谢苗夫妻和孩子们拜倒在地。天使张开背上的一对翅膀，升上天去。

　　等谢苗清醒过来，他的小屋又恢复了原状，屋里只有他们一家，没有一个外人。

一个人需要许多土地吗

一

　　姐姐从城里来乡下看望妹妹。姐姐嫁了个城里商人，妹妹嫁了个乡下农民。姐妹俩喝着茶，谈着天。姐姐得意扬扬地吹嘘她在城里的生活：她的房子多么宽敞，衣服多么时髦，她的孩子打扮得多么漂亮，她吃得多么香，喝得多么美，她怎么乘马车兜风，上剧场看戏。

　　妹妹听了很生气，就竭力贬低商人的生活，美化农民的生活。

她说："我可不愿拿我的生活换你那种生活。尽管日子清苦，我们却无忧无虑。你们过得阔气，有时大发其财，但有时亏个精光。常言道：赚钱亏本是双胞胎。今天百万富翁，明天上街要饭。我们庄稼人要稳当得多。我们肚子里油水少，但是寿命长，我们发不了财，也饿不了肚子。"

姐姐说："成天同猪牛打交道，肚子能吃得多饱？你们不懂得文明，不知道礼貌！不论你们当家的怎样累死累活，一辈子泡在猪粪牛尿里，永远没有出头的日子，你们的孩子也一样。"

妹妹说："是的，我们干的就是这样的活儿，但日子过得踏实，我们不求人，也不怕谁。你们在城里到处受诱惑：今天太太平平，明天就会碰上魔鬼，引诱你们当家的去赌钱喝酒，嫖妓宿娼，到头来一场空。难道没有这样的事吗？"

当家的巴霍姆这时躺在炕上，听着娘儿们闲聊。

"说得对，"他说道，"我们庄稼人从小种地，脑子从来不胡思乱想。只对一件事烦恼——地太少！要是有足够的土地，别说人，就是魔鬼也吓不倒我！"

姐妹俩喝完茶，又谈了一通衣着打扮，收拾好杯盘，躺下睡觉。

不料魔鬼坐在炕后面，这番话他听得一清二楚。魔鬼感到高兴，因为农民老婆夸奖丈夫，说他要是有土地，就连魔鬼也不怕。

魔鬼想："好吧，让我来跟你较量一下。我给你许多土地，就用土地来制服你。"

二

　　附近住着一个不大富裕的太太。她有一百二十俄亩①地。原来她跟农民相处得很好，她不欺负他们。后来她雇了一个退伍兵来当管家，他动不动就要罚农民款。尽管巴霍姆小心翼翼，还是常常出事，不是马冲进燕麦地，就是牛闯到花园里，再不就是牛犊践踏草地，他就只好被罚款。

　　巴霍姆付了罚款，就回家打骂老婆孩子。一个夏天，巴霍姆吃了这个管家许多苦。等到牲口圈起来过冬，他才放下心来，虽然得多费点儿饲料，但不用担惊受怕。

　　冬天，听说太太要出卖土地，大路上一家客店的老板想把它买下来。农民们听了都很恐慌。他们想："要是客店老板买下这块地，他罚起款来一定比太太更厉害。我们不能没有这块地，我们都靠它过活。"农民们就一起来到太太那里，要求她别把地卖给客店老板而卖给他们，他们愿意多出点儿钱。太太答应了。农民们商量由村社买下整块土地。他们商量了一次又一次，但始终没有谈成。原来是魔鬼在其中作怪，使他们的意见不能统一。最后农民们决定各人根据自己的力量各买各的，太太也答应了。巴霍姆听说邻居向太太买了二十俄亩地，太太答应先收一半钱，其余一半一年后再付。巴霍姆很羡慕，想："地都被买光了，弄得我一无所有。"他就同妻子商量。

　　他说："大家都在买地，我们也得买十来亩。要不管家动

――――――――――――――――――――

①　一俄亩约合 1.09 公顷。

74

不动就罚款，我们没法儿过日子。”

他们考虑怎样设法买地。他们有一百卢布存款，卖掉一匹马驹和一半蜜蜂，把儿子抵押出去当雇工，再向连襟借点儿钱，这样就能凑满一半地价。

巴霍姆凑齐钱，看中一块地，有十五俄亩，带一片小树林，就去同太太谈。他们谈成了这笔买卖，拍了板，付了定金。他们又进城，把地契过了户，付了一半款子，其余一半两年内付清。

这样，巴霍姆就有了自己的土地。他借了种子，播在他买来的土地上。庄稼长得很好。一年之内他就付清了太太的欠款，还了连襟的债。巴霍姆从此成了土地的主人：他耕种自己的地，在自己的地上割草，在自己的地上伐木，在自己的地上放牧牲口。不论翻耕自己的土地，还是观赏自己的作物或者草地，巴霍姆总是心花怒放。他总觉得他土地上的草长得特别茂盛，花开得格外美丽。以前他走过这片土地，觉得它同别的土地一样，但现在却觉得它完全与众不同。

三

巴霍姆这样过着日子，感到心满意足。只要邻居不来糟蹋他的庄稼和草地，就一切称心如意了。他恳求他们，但是没有用：一会儿牧人把牛放到他的草地上，一会儿夏天夜里放牧的马闯进他的庄稼地。巴霍姆总是把牲口赶走，原谅主人。他一直忍着不去告状，但后来实在受不了了，就告到乡里。他知道邻居这样做并不是有意的，而是因为土地太少，但又想：“也不能听任不管，这样下去他们会把地糟蹋光的。得教训教训他们。"

　　他一次一次上法院告状，法院罚一两个农民赔偿。邻居们对巴霍姆就怀恨在心，一再故意糟蹋他的地。有一天夜里他来到树林里，看见有十棵椴树被砍倒剥去树皮。巴霍姆来到树林里，看见有样东西白乎乎的。他骑马跑近一看，地上横着几棵椴树，旁边露出几个树桩。要是只砍去边上几棵倒也罢了，可是那坏蛋竟砍个精光。巴霍姆看了大为生气："哼，我要知道是谁干的，我就找他算账。"他想来想去，断定："不是别人，准是谢苗。"他走到谢苗家去找，什么也没有找到，两人只对骂了一通。他告到法院，谢苗被传去审问。法院一再审查，谢苗进行辩解，也没有找到罪证。巴霍姆越发生气，他跟乡长、法官都吵了嘴。

　　"你们包庇小偷。要是你们大公无私，就不会开脱小偷了。"

　　巴霍姆跟法官和左邻右舍都吵了嘴。有人威胁要烧他的房子。巴霍姆的地虽然多了，但他的日子却更加难过。

　　当时盛传有许多人迁移到新的地区去。巴霍姆想："我可不用离开我的土地，要是有人离开这儿，我们的地盘可以宽广些。我会把他们的地弄到手，把我的农庄扩大，这样日子就会更舒坦。要不总觉得土地太少。"

　　一天，巴霍姆坐在家里，来了一个过路的农民。巴霍姆留他在家里过夜，给他饭吃，同他谈天，问他从什么地方来。农民说，他从伏尔加河下游来，他在那里当雇工。谈着谈着，农民说，有许多人迁移到那里，他们就在那里定居，加入村社，每人分到十俄亩地。

他说："那边的地很肥，种下黑麦，麦秆长得比马背还高，可茂盛了，五把就可以扎一大捆。有个农民很穷，去的时候只有一双手，如今已有六匹马、两头牛了。"

巴霍姆心动了。他想："既然有好日子可过，何必在这里受穷？我把这里的地和房子都卖掉，到那边另起炉灶，大干一番。挤在这小地方真是活受罪。不过我得亲自去了解了解。"

他在初夏动身，乘轮船沿伏尔加河到萨马拉，然后步行四百俄里①到达目的地。情况果然如此。农民的地很多，每人分到十俄亩，他们高高兴兴加入村社。谁要是有钱，除了份地外还可以买地，最好的地每俄亩只要三卢布，要多少可以买多少！

巴霍姆把情况了解清楚后，秋天回家把东西变卖一空。他带点儿赚头卖掉土地，又卖掉房子和牲口，退出村社。开春就全家搬到新地方去。

四

巴霍姆带着一家人来到新地方，参加了一个大村的村社。他招待村社长辈喝酒，弄到了各种证件。村社接受巴霍姆入社，分给他五十俄亩份地，分在几个地方，牧场是公用的。巴霍姆盖了房子，养了牲口。单是从村社分到的地就比原来的多两倍，而且都是种庄稼的沃土。日子过得比原来好十倍。饲料

---

① 一俄里约合 1.0668 公里。

也很充裕，牲口要养多少就可以养多少。

　　巴霍姆在这里安顿下来，感到称心如意，但定居后，又觉得土地不够。第一年，巴霍姆在份地上种小麦，收成很好。他种小麦来了劲，但觉得地不够。刚种过的地不宜立刻再种。当地人在熟荒地和休闲地上种小麦，种了一两年就让土地休闲，长野草。这种地要的人很多，不够分配，为此常常发生争吵。有钱的自己种，穷人则把地租给商人，租金用来缴税。巴霍姆想多种些，第二年就去向商人租来一块地，一年为期。他种得更多，收成更好，但那块地离家太远，赶车得走十五俄里。他看到有些农民兼做买卖，自己有农庄，日子过得很阔气。巴霍姆想："我要是也买点儿私地，办个农庄，就更称心如意了。"巴霍姆开始考虑怎样买私地。

　　巴霍姆这样过了三年。他租地种小麦，年年风调雨顺，小麦喜获丰收，钱越存越多。这样的日子本可以一直过下去，但他感到麻烦，因为年年得为租地奔走忙碌，什么地方有好地，农民就涌到那里，把地一抢而光。你去晚了，就没有地种。第三年，他同一个商人向农民合买一片牧场，农民已耕了地，可是有纠纷，农民们告到官府，地也就白耕了。他想："如果那地是自己的，就不用向人打躬作揖，也不会有麻烦了。"

　　巴霍姆到处打听哪里可以买到私地。他遇到一个农民，向他买了五百俄亩地，那人破产了，所以卖得很便宜。巴霍姆同他讨价还价，谈了半天，最后以一千五百卢布成交，一半付现金。这事差不多已办成，不想有个商人路过他那里喂马。巴霍姆同他一起喝茶，谈天。商人讲到他从遥远的巴什基尔来。他说，他向巴什基尔人买了五千俄亩地，总共才花了一千卢布。巴霍姆就向他详细打听这事。商人说："不过先得去巴结老人。我花一百卢布买了绸袍、地毯送给他们，再加一箱茶叶，把能喝酒的都请来喝酒。结果我就以每俄亩二十戈比的价钱成交了。"他出示地契说，"地都在河边，上面长满茅草。"

巴霍姆又详细打听了一番。

商人说："那边的土地一年也走不到头，全是巴什基尔人的。巴什基尔人像羊一样没有脑子，那里的地几乎可以白拿。"

巴霍姆想："既然如此，我何必花一千五百卢布去买五百俄亩地，还要欠债！我拿一千卢布到那边可以买到多少地啊！"

五

巴霍姆问清了到那地方的路径。他送走商人就准备动身。他抛下家给妻子照管，自己带了一名雇工出发。他们来到城里，照商人的话买了一箱茶叶、礼品和酒。他们走啊走啊，一连走了大约五百俄里，第七天来到巴什基尔人的游牧地。一切就像商人所说的那样，巴什基尔人临河搭了毡帐篷，住在草原上。他们不种地，也不吃粮。草原上放着成群的牛马。马驹拴在帐篷后面，母马一天两次被牵来喂奶。他们挤马奶，做马奶酒。巴什基尔女人搅马奶酒，做干酪，男人只知道喝马奶酒，饮茶，吃羊肉，吹笛子。他们个个肥肥胖胖，快快活活，整个夏天就像过节一样不干活儿。他们愚昧无知，不懂俄语，但是和蔼可亲。

巴什基尔人一看见巴霍姆从帐篷里出来，就把他团团围住。他们找来一名翻译。巴霍姆对他们说，他是来看地的。巴什基尔人听了很高兴，把巴霍姆领到一个最好的帐篷里，让他坐在地毯上，又给了他羽绒靠枕。他们围坐在四周，请他饮茶，喝马奶酒。巴什基尔人还宰了一头羊，请他吃羊肉。巴霍姆从马车里取出礼品，分送给他们。巴霍姆送了巴什基尔人礼品，又把茶叶分给他们。巴什基尔人很高兴，彼此叽里咕噜地说了一通，然后叫翻译告诉巴霍姆。

翻译说："他们说，他们喜欢你，我们这里的风俗是尽量让客人高兴，还要回赠礼品。你送了我们礼品，现在你说说，你喜欢我们这里什么东西，我们好给你还礼？"

"我最喜欢你们这里的土地，"巴霍姆说，"我们那里地少，而且种薄了，你们这里地多，而且很肥。这样好的地我还从没见过呢。"

翻译翻译了他的话。巴什基尔人又交谈了好一阵。巴霍姆不明白他们在说些什么，但看出他们很高兴，又是叫，又是笑。随后他们安静下来，望着巴霍姆，翻译就说："他们要我对你说，他们愿意给你土地来回报你的好意，你要多少给你多少。你只要用手点一点，那地就是你的了。"

他们又谈了一会儿，像是在争论什么问题。巴霍姆问他们在争论什么，翻译说："有人说，土地的事得问问头人，没得到他的许可不行。也有人说，没得到他的许可也可以。"

六

巴什基尔人争论着，突然来了个戴狐皮帽的人。大家都不说话，站起来。翻译说："这位就是头人。"

巴霍姆立刻拿出一件最好的绸袍送给头人，还给了他五磅茶叶。头人接受了礼物，在首席坐下。巴什基尔人立刻对头人说着什么。头人听着听着，点了点头，告诉他们不用再说下去。然后他用俄语对巴霍姆说话。

"好吧，"他说，"你喜欢什么地方，就拿什么地方。地多的是。"

"我怎么才能把要的地都拿到手呢?"巴霍姆想，"总得有个保证啊。要不现在说是我的，以后又把地收回去。"

"谢谢你们的美意，"巴霍姆说，"你们的地很多，我要的不多。不过我要知道给我的地是哪一块。总得量一下，给我定下来。要不死生由命，现在你们这些好人给了我土地，但难保将来你们的子孙不收回去。"

"你说的有理，"头人说，"可以定下来。"

巴霍姆说："我听说有个商人来过你们这儿，你们也给了他地，还写了契约，我也希望这样做。"

头人懂得他的意思。

"这都不成问题，"他说，"我们这儿有文书。我们到城里去一次，正式订个契约。"

"那么价钱怎么算?"巴霍姆问。

"我们这儿只有一个价：一千卢布一天。"

巴霍姆不懂他的意思。

"一天是多少啊？一天等于几俄亩？"

"我们不会算，"他说，"我们出卖土地用天计算；你一天能绕多少地，这些地就归你，价钱是一千卢布一天。"

巴霍姆感到惊讶，他说："一天走下来，那地可多啦！"

头人笑起来。

"全部归你！"头人说，"但有一个条件：你要是当天不能回到出发的地方，你的钱就白花了。"

"那我怎么在走过的地方做记号？"巴霍姆问。

"我们将站在你看中的地方，你去绕一圈，随身带一把铲子，你要什么地方，就挖个坑盖上草做记号，我们再从一个坑到另一个坑犁出一条沟。你要绕多大的圈子，就绕多大的圈子，但日落之前一定要回到出发的地方。你一圈绕下来的地方都归你所有。"

巴霍姆高兴极了。他们决定第二天一早出发。接着大家又谈天，又喝马奶酒，又吃羊肉，又饮茶，直到天黑。他们安排巴霍姆睡羽绒褥子，讲定天一亮就集合，日出前出发，这才各自回家。

七

巴霍姆躺在羽绒褥子上睡不着，心里一直在想："我要弄到一大块地。我一天可以走五十俄里路。现在日长，五十俄里绕一圈地可多啦。以后我把坏地卖掉，或者让给农民，挑最好的地自己种。我要买两头公牛，雇两名工人。我要种五十俄亩地，其余的养草放牲口。"

巴霍姆通宵没有合眼，直到天快亮才迷迷糊糊地睡着。他做了个梦，梦见他就躺在这个帐篷里，听见外面有人在哈哈大笑。他想看看谁在笑，就起身走出帐篷，看见巴什基尔头人坐在帐篷前捧腹大笑。他走过去问道："你在笑什么呀？"他发现这人不是巴什基尔头人，而是几天前路过他家告诉他买地的商人。他刚问商人："你来这儿好久了？"立刻又发现他不是商人，而是那个好久前从伏尔加河下游来的农民。接着巴霍姆又看见那不是农民，而是一个长着犄角和蹄子的魔鬼。魔鬼坐在那里哈哈大笑，前面躺着个只穿短衫裤的赤脚农民。巴霍姆仔细瞧瞧，才发现这是个死人，而且就是他自己。巴霍姆吓醒了，想："真是什么梦都会做啊！"他回头一看，看见门外天色已经发白。他想："得叫醒人，是时候了。"巴霍姆起身，叫醒车上的雇工，吩咐他套车，自己则去唤醒巴什基尔人。

"起来吧，到草原上去量地。"他说。

巴什基尔人纷纷起来，聚集在一起，头人也来了。巴什基尔人又喝马奶酒，还要请巴霍姆饮茶，但巴霍姆等不及了。

"要走就走吧，是时候了。"他说。

八

巴什基尔人集合起来，有的骑马，有的坐车，大家出发。巴霍姆跟他的雇工带了铲子，坐上自己的马车上路。他们来到草原上，朝霞刚刚出现。他们爬上一座小丘。大家下了车，下了马，聚在一起。头人走到巴霍姆跟前，用手指着说："瞧，这片土地都是我们的，一眼望不到边。你随便挑吧。"

巴霍姆眼睛红了：这是一片熟荒地，平得像手掌，黑得像鸦片，洼地上野草丛生，长得齐胸高。

头人摘下狐皮帽放在地上，说："瞧，这就是记号。你从这儿出发，再回到这儿。凡是你绕一圈走下来的地都归你。"

巴霍姆摸出钱放在帽子上，脱下长袍，只穿一件短袄，收紧宽腰带，把一袋面包揣在怀里，又把水壶挂在腰带上，拉拉靴筒，向雇工要了铲子，准备上路。他反复考虑走哪个方向，觉得到处都是好地。他想："反正都一样，我朝太阳升起的地方走就是了。"他面对太阳站着，活动活动身子，等太阳从天边出来。他想："不能浪费时间，要趁凉快赶路。"等太阳从地平线一出来，巴霍姆就背起铲子向草原走去。

巴霍姆走得不快不慢。他走了一俄里光景停下来站住，挖了一个坑，盖上草皮，这样醒目些。接着又向前走。他活动活动身子，加快脚步。他走了一段路，又挖了一个坑。

巴霍姆回头望了望。小丘在阳光下看得清清楚楚，人们站在那里，马车的轮子闪闪发亮。巴霍姆估计他已走了五俄里。他感到热，脱下短袄搭在肩上，继续往前走。又走了五俄里的样子。天气更热了。他望望太阳，已是吃早饭的时候。

"已经走了一程①，"巴霍姆想，"不过一天能走四程路，回去还早。让我把靴子脱掉。"他坐下来脱下靴子挂在腰带上，继续走路。现在比较轻松了。他想："让我再走五俄里，

---

① 一程指马一口气能走的路。

然后往左拐。这地方太好了，放弃可惜。越往前，地越好。"
他又一直走过去。他回头一看，小丘隐约可见，小丘上的人像
黑蚂蚁，还有一样东西在发亮。

巴霍姆想："是啊，这个方向已走了不少路，得拐弯了。
可把我渴死了，真想喝点儿水。"他停下来，挖了个更大的
坑，盖上草皮，解下水壶，喝了个够，就陡然向左拐弯。他走
啊走，草长得更高，天更热了。

巴霍姆走累了。他望望太阳，已是吃午饭的时候。他想：
"好吧，让我歇会儿。"巴霍姆收住脚步，蹲下来。他吃了点
儿面包，又喝了点儿水，但没有躺下。他想："我一躺下就会
睡着的。"他坐了一会儿，继续往前走。起初走得还轻松，因
为吃了点儿东西，添了力气。天气越来越热，他直想打瞌睡，
但他没有停下来，心里想，忍耐一时，享福一世。

他朝这个方向又走了许多路，正想向左拐，忽然看见一片
水洼地，觉得放弃可惜。他想："这里种亚麻很好。"他又一
直向前走去。他走过水洼地，在那边挖了一个坑，拐了弯。巴
霍姆回头望望小丘，那边热得雾气弥漫，仿佛空气也在颤动，
隐约看得见小丘上的人，离他大约有十五俄里。巴霍姆想：
"哦，那两边走得够多了，这边得少走些。"他加快脚步朝第
三个方向走去。他望望太阳，太阳已到中天，可第三个方向还
只走了两俄里。距离出发的地方仍有十五俄里。他想："不
行，虽然这样我会弄到一块斜形地，但是必须笔直赶回去。我
不要更多的地，现在已经很多了。"巴霍姆急忙挖了一个坑，
拐弯笔直向小丘走去。

九

巴霍姆一直向小丘走去。他汗流浃背，两脚划破，浑身瘫软。他想歇一会儿，但是不能，日落之前要赶不回去的。太阳不等人，越来越往下沉，往下沉。他想："哦，我是不是要的太多了？会不会来不及?"他往前望望小丘，望望太阳：离出发点很远，而太阳离地平线却不远了。

巴霍姆一直走着，越来越吃力，但仍不断加快脚步。他走啊走啊，离终点还是很远。他小跑起来。他抛下短袄、靴子、水壶和帽子，只拿着铲子当拐杖。他想："唉，我太贪心，这下子全完了。日落以前我跑不到了。"他心里发慌，更加上气不接下气。巴霍姆跑得浑身大汗，衬衫衬裤都贴在身上，嘴巴发干。他的胸膛好像铁匠铺里的风箱一样拼命喘气，心上好像有一把铁锤在敲打，两腿失去知觉，好像散了架。巴霍姆感到害怕，心里想："可别累死啊。"

他怕死，但又不愿停下来。他想："已经跑了这么多，现在停下来，会被人家笑话的。"他跑啊跑啊，越来越接近终点，他听见巴什基尔人在向他大声叫喊，心里更加发慌。他拼出最后的力气向前跑去，太阳已接近地平线，落到迷雾中，它又大又红像血染了一样，眼看就要落下去了。太阳离地平线很近，他到达出发点也不远了。巴霍姆已看见小丘上人们在向他招手，要他加油。他看见地上的狐皮帽，看见帽子上的钱；他看见头人坐在地上，双手按住肚子。巴霍姆想起了他的梦，同时想："土地很多，但上帝是不是让我在上面过？唉，我把自已给毁了，我跑不到了。"

　　巴霍姆望望太阳，太阳已触到地平线，一半已隐没不见，只剩下一半。巴霍姆竭尽全力冲去，两只脚勉强跟上，使自己不致倒下。巴霍姆跑近小丘，天色突然黑下来。他回头一看，太阳已经落山了。巴霍姆大叫一声，想："我白费力气了。"他想停下来，但听见巴什基尔人还在叫喊。他突然想到，他从低处看太阳已经落下，但从小丘上看太阳一定还没有落下。他拼着最后一口气跑上小丘。小丘上还很亮。巴霍姆跑上去，看见了帽子。帽子前面坐着头人，双手捧腹哈哈笑着。巴霍姆想起了那个梦，他惊叫一声，两腿一软扑倒在地，他的手伸出去够着了帽子。

　　"啊，真是条好汉！"头人叫道，"你得到了许多土地！"

　　巴霍姆的雇工跑过来，想把他扶起，但他口吐鲜血，躺在地上死了。

　　巴什基尔人叹息不已。

　　雇工拿起铲子给巴霍姆挖了一个塘，从头到脚有三俄码①长，就把他埋了。

---

① 一俄码合 0.71 米。

高加索俘虏

（往事）

一

高加索有位军官，出身贵族，名叫齐林。

一天，他收到家里老母来信。她在信里写道："我老了，很想在死以前再看爱儿一眼。你来给我送终，把我落葬，然后平平安安回部队去。我还给你找了个媳妇：人既聪明，又漂亮，又有财产。你要是喜欢，可以娶她，从此留在家里。"

齐林考虑起来："老太太身体的确很差，说不定真的要见不着她了，我得回去一下；姑娘要是长得俊，结婚也可以。"

他向团长请了假，跟同僚们告了别，请下属喝了四桶伏特加，动身回家。

当时高加索正在打仗，大路上不论白天黑夜都不能通行。俄罗斯人只要一离开要塞，不管骑马还是步行，鞑靼人就会把他打死，或者劫到山里。因此上面规定，要塞之间一星期两次由士兵护送，头尾都是士兵，老百姓夹在中间。

事情发生在夏天。那天天一亮车队在要塞外集合，护送兵也来了，大家上路。齐林骑马，他的行李车夹在车队中间。

他们要走二十五俄里路。车队走得很慢，一会儿士兵停下来歇脚，一会儿谁的车轮掉了或者马站住不走，大伙儿只得停下来等。

太阳已过中天，车队才走了一半路。路上尘土飞扬，烈日炙人，酷暑难当，无处可以藏身。一片精光的原野，路上没有一棵树，也没有一丛灌木。

齐林独自骑马走在前头，他停下来等着车队。他听见后面的号角声，知道车队又要休息了。齐林想："不用士兵护送，我一个人走怎么样？我的马很好，遇上鞑靼人，我可以跑掉。走不走？"

他站在那里考虑着。一个叫科斯狄林的军官背着枪骑马跑上来说："齐林，我们自己走吧。我累坏了，真想吃点儿东西。天气又热，我身上的衬衫都快拧得出水来了。"

科斯狄林是个胖子，脸色通红，满头大汗。

齐林想了想说："你的枪装上子弹了吗？"

"装上了。"

"那好，咱们走吧。只是说定了，千万别走散。"

他们骑马沿大路走去。这一带是草原，视野很开阔。他们一面说话，一面向两边张望。

一走完草原，就有一条大路穿过两山之间的峡谷。齐林说："得跑到山上看看，万一有人从山后冲出来，你也看不见。"

科斯狄林却说："看什么？往前走就是了。"

齐林没有听他的话。

"不，"他说，"你在下面等一下，我去看看就来。"

他纵马由左边上山。齐林骑的是一匹猎马（是他花一百卢布从马场买来的一匹小马，亲自调教长大的），那马仿佛插了翅膀，飞也似的把他带上峭壁。刚登上山头一看，在他前面约五十俄丈①的地方站着一群骑马的鞑靼人，大约有三十个。他一看见他们转身就走。鞑靼人也看见了他，纵马向他跑来，一面跑，一面从枪套里拿出枪。齐林全速向峭壁下驰去，对科斯狄林叫道："把枪拿出来！"同时心里对马说，"宝贝，挺住，别绊脚，你一绊，我就完了。只要拿到枪，他们就抓不住我了。"

科斯狄林一看见鞑靼人，也不等齐林，就拼命向要塞跑去。他的鞭子忽左忽右地抽着马，在滚滚的尘土中只看见马尾巴在不断摆动。

齐林一看，事情不妙。枪被带走了，单凭一把刀是对付不了鞑靼人的。他想勒转马，回到士兵那儿逃命，却看见有六个

_____

① 约100米。

鞑靼人从边上向他冲来。他的马很好，但他们的马更好，而且是向他横冲过来的。他想减速掉头往回跑，可是马在往前飞奔，他勒不住，竟向他们直冲过去。他看见一个红胡子鞑靼人骑着一匹灰马正在逼近他。那鞑靼人尖声叫嚷，龇牙咧嘴，手里端着枪。

"哼!"齐林想，"我可知道你们这些恶鬼。要是把我活捉，你们就会把我投入牢里用鞭子抽打。我不能让你们活捉。"

齐林个儿虽不高，胆量可不小。他拔出马刀，纵马直奔红胡子，心里想："我不是用马撞，就是用刀砍。"

齐林跑到离他还有一马距离的地方，有人从背后向他开枪，子弹打中了马。马扑通一声栽倒在地上，把齐林的一条腿压住了。

齐林想爬起来，可是有两个臭烘烘的鞑靼人坐到他身上，把他的胳膊扭到背后。他拼命挣扎，想甩掉身上的鞑靼人，可是又有三个鞑靼人跳下马来，用枪托敲打他的脑袋。他眼睛发黑，身子摇晃起来。鞑靼人把他抓住，从鞍上解下备用的马肚带，把他的双手反绑，打了一个鞑靼式的结，把他拖到马鞍旁。他的帽子被打落，靴子被剥下，全身被搜遍，钱和表都被拿走，身上的衣服全被撕破。齐林回头看看他的马。这个可怜的畜生仍侧身躺着，只有四脚还在空中乱踢，触不到地面；头部有一个洞，洞里不断涌出黑血，周围一俄码的尘土都被血浸透了。

一个鞑靼人走到马跟前，动手解鞍子。马一直在挣扎，鞑靼人拔出匕首把它的喉管割断。马喉咙里发出嘶声，它抽搐一下就断了气。

几个鞑靼人解下马鞍、挽具。红胡子骑上马，另外几个鞑靼人把齐林抬到他的马背上，用皮带把齐林和红胡子拦腰捆在一起，免得他从马上滑下，然后把他驮往山里。

齐林坐在鞑靼人后面，身子左右摇摆，脸撞着鞑靼人臭烘烘的脊背。他只看见前面鞑靼人强壮的脊背、筋脉毕露的脖子和帽子底下剃得发青的后脑勺。齐林的脑袋被打破，眼睛上的血凝住了。他在马上既不能变换姿势，也不能把血擦去。他的双手被绑得太紧，锁骨疼得受不了。

他们翻山越岭，走了很久，又涉过一条小河，走上大路，进入谷地。

齐林很想看清他们走的路，但眼睛被血糊住，身子也不能转动。

天黑下来了。他们又过了一条小河，开始攀登石山。已能闻到炊烟的味道，群犬叫个不停。

他们来到一个山村。鞑靼人都下了马，鞑靼孩子聚拢来把齐林团团围住。他们高兴地尖叫，向他投掷石子。

鞑靼人赶开孩子，把齐林从马上解下，叫唤工人。来了一个诺盖人，他颧骨很高，只穿一件衬衫。那衬衫已很破烂，露出整个胸膛。鞑靼人向他吩咐了一番。那工人拿来一副足枷：两块装有铁环的栎木，其中一个铁环上有锁孔和挂锁。

他们给齐林解开双手，戴上足枷，把他带到一间板棚。他们把他往板棚里一推，锁上门。齐林倒在马粪上。他歇了歇，在黑暗中摸到软一点儿的地方躺下来。

二

　　齐林几乎通宵没有合眼。昼长夜短，他从墙缝里看见天已蒙蒙亮。齐林爬起来，把墙缝挖得大些，往外张望。

　　他从墙缝里看见有一条路通到山下，右边有一座鞑靼式平顶石屋，屋旁有两棵树。一条黑狗躺在门槛上，一只母山羊带着几只小尾巴一翘一翘的小山羊在屋外走来走去。他看见一个年轻的鞑靼女人从山下走来。她身着花衬衫，没系腰带，穿着长裤和靴子，头上垫着一件长衣，顶着一只洋铁大水罐。她弯着腰走路，脊背微微抖动，手里拉着一个只穿衬衫的光头孩子。鞑靼女人顶着水罐走进屋里。昨天那个红胡子从屋里出来，身穿绸大褂，腰带上插着一把银匕首，赤脚套着一双软鞋，头上一顶黑羔皮高帽推在脑后。他走到屋外，伸了个懒腰，抹了抹红胡子。他站了一会儿，对工人吩咐了几句话，走了。

　　后来有两个孩子骑马去饮水。马嘴和鼻子都是湿漉漉的。又有几个光头孩子跑出来，他们都只穿一件衬衫，没有穿裤子。他们聚在一起，走到板棚前，拿树枝往墙缝里捅。齐林对他们大喝一声，孩子们吓得尖声直叫，飞跑开去，只看见他们的光膝盖一亮一亮。

　　齐林渴得要命，很想喝水。他正希望有人来查看，忽然听见板棚的门锁响了。红胡子走进来，同来的还有一个身材略小、脸色黝黑的鞑靼人。这个鞑靼人眼睛乌黑，脸色红润，留山羊胡子，剃平顶头。他乐呵呵的，脸上一直挂着笑容。这个黑脸鞑靼人衣着更讲究，蓝色绸大褂上绣有金银线，腰里插着银柄大匕首，脚穿红色山羊皮软鞋，鞋上也绣有金银线，软鞋外面套着一双厚皮鞋，头上戴着一顶高高的白色羔皮帽。

红胡子走进来，嘴里说着什么，仿佛在骂人，然后站住，用臂肘支着门框，转动匕首，像狼一样斜睨着齐林。黑脸很活跃，仿佛全身都是弹簧，不断来回踱步。他走到齐林跟前蹲下，露出牙齿，拍拍齐林的肩膀，急急地叽里咕噜说着他们的话。他挤挤眼睛，弹着舌头，不断地说："乌国佬，好！乌国佬，好！"

齐林一点儿也不懂，就说："渴，给我点儿水喝！"

黑脸笑了。

"乌国佬好。"他说个不停。

齐林用嘴唇和手示意他要水喝。

黑脸明白了，笑起来，望望门外，喊道："季娜！"

一个十三四岁的瘦女孩儿跑进来，她的相貌很像黑脸，看样子是他的女儿。她长着一双乌黑的眼睛，脸蛋漂亮。她穿一件宽袖蓝色长衬衣，不束腰带。衬衣的下摆、胸部和衣袖上都有红色滚边。她穿着长裤，脚穿软鞋，外套一双高跟皮鞋；脖子上挂着一串银币，都是半卢布的。她没有包头巾，留着一条乌黑的辫子，辫子上扎着缎带，缎带上吊着金属片和一个银卢布。

父亲吩咐她去做件什么事。她跑出去，回来提着一个小洋铁罐。她给了他水，蹲在地上，两个膝盖竖得比肩膀还高。她蹲在那里，睁大眼睛看齐林喝水，仿佛看着一头野兽。

齐林喝了水，把水罐还给她。她就像一只野山羊那样跳开去，逗得她爹都笑起来。他又差她到什么地方去。她拿起水罐跑掉，接着用一块圆板端来淡面包，又蹲下来，弯下腰，目不转睛地瞧着齐林。

鞑靼人都走了，板棚又被锁上。

过了一会儿，那个诺盖人走过来对齐林说："哎达，老板，哎达！"

他也不懂俄语。齐林猜想是叫他到什么地方去。

齐林戴着足枷迈不开步子，走路一瘸一拐。他好不容易跟着诺盖人走出板棚。他看见这里是个鞑靼人的村子，有十来户人家，还有一座带小塔楼的鞑靼教堂。一座房子旁边停着三匹备鞍的马，由几个孩子拉着。那个黑脸鞑靼人从房子里跑出来，招招手要齐林过去。他脸上挂着笑容，嘴里说着鞑靼话，走进屋去。齐林跟着他走进去。正房很好，墙壁都用泥抹得溜光。前面靠墙摆着花花绿绿的垫子，两旁挂着贵重的壁毯，壁毯上挂着步枪、手枪和马刀，都镶着银饰。一边墙脚有一个齐地面的小灶。地是泥地，像打谷场一样干净，前房全部铺毡毯，毡毯上再铺地毯，地毯上摆着羽绒垫子。鞑靼人——黑脸、红胡子和三个客人都只穿软鞋坐在地毯上。他们背后摆着羽绒靠垫，他们前面的圆板上放着黍饼，杯子里盛着化开的牛油，酒罐里盛着叫布扎的鞑靼啤酒。他们用手抓着吃，两手都沾满了油。

黑脸霍地跳起来，吩咐齐林在旁边光地上坐下，自己又回到地毯上，招待客人吃饼喝酒。诺盖人让齐林坐好，自己脱下套鞋放在门口别的套鞋旁，然后坐在靠近主人的毡毯上。他瞧着他们吃喝，不断擦口水。

鞑靼人都吃了饼。这时有个鞑靼女人走来，她身穿像女孩儿一样的衬衫，下身穿着长裤，头上包着头巾。她拿走牛油和饼，端来一个精美的洗手盆和一只尖嘴水罐。鞑靼人一个个洗手，然后双手合十跪下来，向四方吹口气，念起祷词来。他们用鞑靼话交谈。然后，一个鞑靼客人向齐林转过身，用俄语对他说："你被卡济·穆哈默德俘虏了，"他说着，指指红胡子，"卡济·穆哈默德把你让给阿卜杜尔·穆拉特，"他指指黑脸，"阿卜杜尔·穆拉特现在是你的主人。"

齐林不作声。阿卜杜尔·穆拉特开口了，他指着齐林笑着说："乌国兵，乌国佬好。"

翻译说："他命令你写封信回家，叫家里寄钱来赎。钱一到，他就放你。"

齐林想了想，说："他要很多赎金吗？"

鞑靼人商量了一下，翻译说："三千卢布。"

"不行，"齐林说，"这么多钱我拿不出。"

阿卜杜尔站起来，挥动双手，对齐林说个不停，仿佛他能听懂似的。

翻译说："那么你能给多少？"

齐林想了想，说："五百卢布。"

鞑靼人听了这话都嚷嚷起来。阿卜杜尔对红胡子大声吆喝，叽里呱啦，口沫四溅。红胡子只眯缝着眼睛，一个劲儿弹舌头。大家都静下来，翻译说："主人嫌五百卢布赎金太少。

他为你自己就付了两百卢布。卡济·穆哈默德欠了他的钱。他拿你来抵债。三千卢布，少一个钱也不行。你不写信，就让你蹲土牢，吃鞭子。"

"哼！"齐林想，"同他们打交道越害怕就越倒霉。"他站起来说："哼，你对这狗东西说，他要是威胁我，我一个钱也不给，信也不写。我不怕，我不怕你们这些狗东西！"

翻译把话转告他们，大家又嚷开了。

他们叽里呱啦地议论了一番。黑脸站起来，走到齐林跟前。

"乌国佬，"他说，"好汉，乌国佬，好汉！"

他说着笑起来，对翻译说了一句话。翻译就说："你给一千卢布吧。"

齐林坚持说："五百卢布，再多不给。你们要是把我打死，那就什么也拿不到。"

鞑靼人商量了一下，把诺盖人派到什么地方去，然后一会儿瞧瞧齐林，一会儿望望门口。诺盖人回来了。一个衣衫褴褛的胖子赤着脚，跟着他走进来，也戴着足枷。

齐林认出是科斯狄林，大吃一惊。原来他也被俘了。鞑靼人让他们并肩坐下，他们就向对方讲述自己的情况。鞑靼人都望着他们，不作声。齐林讲了他的遭遇。科斯狄林说他的马站住不肯走，枪又没打响，这个阿卜杜尔追上他，就把他俘虏了。

阿卜杜尔跳起来，指指科斯狄林，嘴里说着什么。

翻译说，他们两人现在都归同一个主人，谁先付赎金，谁先出去。

"你看，"鞑靼人说，"你老是发脾气，你的同伴可老实了。他写信回家，叫家里寄五千卢布来。我们会给他好吃好喝，不会亏待他。"

齐林说："我的同伴愿意怎样就怎样，那是他的事。他也许有钱，可是我没有钱。我怎么说就怎么办。你们要杀就杀，那对你们没有好处，超过五百卢布，我不写信。"

鞑靼人都不作声。阿卜杜尔忽然站起来，拿来一只小箱子，取出笔、纸和墨水交给齐林，拍拍他的肩膀说："写吧。"他同意五百卢布。

"等一下，"齐林对翻译说，"你对他说，叫他给我们吃得好些，穿得好些，让我们待在一起，这样热闹些。再把足枷去掉。"

他望着主人笑，主人也笑了。主人听完后说："我给你们最好的衣着：契尔克斯长袍和靴子，穿了简直可以结婚了。还让你们吃得像王爷一样好。你们要是愿意在一起，可以让你们住板棚。但足枷不能去掉，你们会逃走的。到夜里可以给你们取下。"他跑过来，拍拍齐林的肩膀，"你的好，我的好！"

齐林写了信，但胡乱写了个地址，让信寄不到。他心里想："我一定要逃走。"

齐林和科斯狄林被带到板棚里，有人给他们送来玉米秸秆、一罐水、面包、两件旧契尔克斯长袍、士兵穿的破靴子。显然都是从士兵尸体上剥下来的。夜里给他们去掉足枷，把他们锁在板棚里。

三

齐林跟同伴就这样过了整整一个月。主人总是笑着说："你的，伊凡，好。我的，阿卜杜尔，好。"可是给他们吃得很差：只有黍子饼，有时简直只有生面团。

科斯狄林又往家里写了一封信，一直等家里寄钱来，心里很烦闷。他整天坐在板棚里，计算着什么时候信可以到，或者睡大觉。齐林知道他的信送不到，也不再写。

"母亲到哪儿去为我弄那么多钱。她还是靠我寄钱去过活的呢。要她凑五百卢布，她准会倾家荡产。上帝保佑，我要自己逃出去。"齐林想。

他暗中观察，打听，考虑怎样逃走。他吹着口哨，在山村里走来走去。有时坐下来做做手工：捏泥娃娃，编柳条筐。齐林手很巧，什么活儿都能做。

一天，他捏了一个泥娃娃，有鼻子，有胳膊，有腿，再穿上一件鞑靼式衬衫。他把泥娃娃放在屋顶上。

鞑靼女人去打水。主人的女儿季娜看见泥娃娃，把她们叫来。她们放下水罐，都看着泥娃娃笑。齐林取下泥娃娃送给她们。她们只是笑，却不敢要。齐林留下泥娃娃，走进板棚，看她们怎么样。

季娜跑过去，回头望了望，一把抓住泥娃娃就跑。

第二天，他看见季娜一早就抱着泥娃娃走到门外。她已用红布片把泥娃娃打扮起来，还像摇孩子那样摇着它，嘴里唱着催眠曲。一个老婆子走出来骂她，夺过泥娃娃把它摔个粉碎，又派季娜去干活儿。

齐林又捏了一个泥娃娃，比原来的更好看，送给季娜。有一天，季娜拿来一个水罐，放在地上，坐下来望着他，笑嘻嘻地指指水罐。

"她高兴什么呀？"齐林想。他拿起水罐来喝。他以为是水，原来是牛奶。他喝了牛奶。

"好！"他说。

季娜可高兴了！

"好，伊凡，好！"她跳起来，拍拍手，夺过水罐跑掉了。

从此她每天偷偷给他送牛奶来。有时鞑靼人用羊奶做奶酪饼，再把饼晾在屋顶上，她就偷几个送给他。有一天，主人宰羊，她拿了一块羊肉藏在衣袖里给他送来。她扔下羊肉就跑。

有一天，雷雨交加，倾盆大雨下了整整一个小时。条条溪水都变得浑浊了，可以涉水过河的浅滩都涨到三俄码宽，石头也被冲倒。到处溪水奔流，山中雷声隆隆。雷雨过后，山村里水流成河。齐林问主人要了一把小刀，削了一根小轴、几块木片，装上一个轮子，轮子两边各安一个娃娃。

女孩儿们给他拿来布片。他把一个娃娃打扮成男的，一个打扮成女的。他做好娃娃，把轮子放到溪水里。轮子一转动，两个娃娃就一上一下跳动起来。

全村男女老少都聚拢来，大家弹着舌头啧啧称奇："了不起，乌国佬！了不起，伊凡！"

阿卜杜尔有一座俄罗斯钟，坏了。他把齐林叫来，做做手势，弹弹舌头。齐林说："让我来修。"

他接过钟，用小刀拆开，把零件一样样摆开，然后又装好，交还给主人。钟走了。

主人很高兴，把自己的一件破短袄送给他。齐林无可奈何只得收了。至少夜里可以盖盖。

齐林从此出了名，大家把他看成能工巧匠。远近村庄都有人来找他，请他修枪栓，修手枪，也有人请他修钟表。主人给他送来各种工具，有镊子、钻子、锉刀。

一天，有个鞑靼人病了，派人来找齐林，对他说："你去给他治治吧。"

齐林根本不会治病。他走去看了看，心里想："说不定他自己会好的。"他走到板棚里，拿了点儿水和沙，拌和一下。他当着鞑靼人的面念念有词，给病人喝下去。算他走运，那人的病果真好了。齐林渐渐听得懂他们的话。有些鞑靼人同他熟了，有事就叫他："伊凡，伊凡！"但有些鞑靼人还是把他当野兽看。

红胡子不喜欢齐林。一看见他，就皱起眉头转身走开，或者破口大骂。他们那里还有一个老头子是山里来的，他不住在这里。只有在他来清真寺做礼拜时，齐林才能看见他。他身材矮小，帽子上缠着一条白手巾，上下胡子剪得短短的，白得像羽绒。他满脸皱纹，但面色红得像砖头。他长着鹰钩鼻，一双灰眼睛露着凶光。他的牙齿都掉了，只剩下两颗虎牙。他来时缠着头巾，拄着拐杖，眼睛像狼一样四面顾盼。他看见齐林，鼻子里就发出嗤嗤声，立即扭过头去。

一天，齐林走到山脚，想看看这老头子住在什么地方。他沿着小路下山，看见一片园子，围着石墙，墙里种着樱桃、杏子，还有一所平顶小屋。他走过去，看见一排干草编的蜂房，蜜蜂嘤嘤嗡嗡飞进飞出。老头子跪在蜂房旁边忙碌。齐林爬高一点儿看，把足枷弄出响声来。老头子回头一看，大叫一声，从腰里拔出手枪，就朝齐林打去。齐林慌忙闪到石头后面。

老头子走来向主人控诉。主人把齐林叫去，笑着问："你去老头子那里干什么？"

"我没有恶意，"他说，"我只想看看他怎么过日子。"

主人把这话转告老头子。老头子听后大为生气，叽里咕噜发着牢骚，露出两颗虎牙，对齐林摆摆手。

齐林没有完全听懂他的话，只明白老头子叫主人把俄国佬都打死，不要把他们留在村里。老头子说完便走了。

齐林问主人这老头子是谁，主人说："他可是个大人物！他本是第一号骑士，杀死过许多俄国人，原来很有钱。他有过三个妻子、八个儿子，都住在同一个村子里。后来俄国人来了，把村子洗劫一空，杀掉了他的七个儿子。剩下的一个儿子投降了俄国人。老头子自己也投奔了俄国人。他在俄国人那里待了三个月，找到儿子，亲手把他杀了，然后逃走。从此他不再打仗，还去麦加朝圣。他缠上了头巾。因为凡是去过麦加的人就叫哈吉，并且要缠上头巾。他不喜欢你们俄国人，叫我把你杀死，但我不能，因为我是花钱把你买来的，再说我也喜欢你这个伊凡。我不但不杀你，要不是我说过让你赎回去，我真不愿放你走呢。"他笑着，又用俄语说，"你的，伊凡，好；我的，阿卜杜尔，好！"

四

　　齐林就这样过了一个月。白天他在山村里游荡，或者做做手工。一到晚上，山村静下来，他就在板棚里挖洞。在石头上挖洞很困难，他用锉刀锉石头，在墙脚下挖了一个洞，人正好能钻出去。他想："只要知道方向就行了，可鞑靼人谁也不肯告诉你的。"

　　终于有了一个机会。那天，主人出门去了，齐林吃过饭，出了村往山那边走去，想从那里看看地形。主人走时嘱咐孩子看住齐林，绝对不能大意。孩子看见齐林出门，一边跑，一边喊："别走！我爹不许你出去。我要喊人了！"

　　齐林便说服他。

　　齐林说："我不走远，我只到那边山上看看。我要去找一种草药给你们治病。你同我一起去，我戴着足枷又不会逃走。明天我给你做一副弓箭，好吗？"

　　齐林说服孩子一起走。那座山看上去不远，但戴着足枷走路很困难。他走啊走啊，好不容易走到山上。他坐下来观察地形。南边翻过山是一片谷地，那里放牧着马群，低处还有一个山村。再过去是另一座山，更加陡峭；那座山后面还有一座山。两山之间有一片青翠的树林，再过去又是山，越远越高，在最高处，积雪的群山白得像糖，其中一座像一顶帽子矗立在群山之上。东方，西方，都是同样的山，峡谷里疏疏落落的山村炊烟袅袅。他想："嗯，这一带都是他们的地方。"他朝俄罗斯人那边望望：下面是一条小溪和他居住的山村，周围都是花园。农妇们坐在溪边洗衣服，望过去一个个小得像布娃娃。山村后面还有一座稍矮的山，再过去还有两座山，山上树木茂盛，两山之间有一片发青的平地，平地远处烟雾弥漫。齐林努力回忆，他住在要塞时太阳从哪里升起，又在哪里落下。他断定，我们的要塞就在这个谷地里。他应该穿过这两座山逃走。

太阳开始下沉。雪山由白变红；黑魆魆的群山越来越黑；洼地里升起雾气，要塞所在的谷地被夕阳照得一片火红。齐林定睛凝望，看见谷地里竖着一根柱子般的东西，像是烟囱里冒出来的炊烟。他想，这准是俄罗斯人的要塞。

黄昏降临，传来毛拉的叫喊声。牲口回村，牛群哞哞叫着。孩子一直催齐林回去，可是齐林不想走。

回村后，齐林想："好了，现在我知道地形了，可以跑了。"当晚他就想跑。夜很黑，正好逢到下弦月。不巧得很，鞑靼人傍晚就回村里来。他们平时回来，赶着牲口，有说有笑，总是很快活。今天他们没有赶回牲口，却在马鞍上驮着一个被打死的鞑靼人。原来是红胡子的兄弟。鞑靼人个个怒气冲冲，走来埋葬死人。齐林走出去看。他们用麻布裹住尸体，不用棺材，拿法国梧桐枝叶盖着抬到村外，放在草地上。毛拉来了，老人们聚在一起，拿手巾缠在帽子上，脱掉鞋，脚跟朝上跪在死人面前。

前面是毛拉，后面一排是三个缠头巾的老人，再后面是别的鞑靼人。大家跪着，低头不语。他们沉默了好久。毛拉抬起头来说："真主！"他只叫了一声，接着又低下头，沉默了好久；他们坐在那里一动不动。毛拉又抬起头来："真主！"大家都跟着叫："真主!"接着又静默下来。死人躺在草地上一动不动，他们也像死人一样跪着。谁也不动一下。只听得法国梧桐上的叶子被风吹得飒飒作响。接着毛拉念了祷文。大家起立，把死人举起，抬到塘边。塘挖得非同寻常，一直挖到地底下，像个地窖。他们夹住死人的胳肢窝，抓住他的小腿，把他的身子弯起来轻轻放下，使他保持坐的姿势，再把他的双手叠放在肚子上。

诺盖人拖来一些青芦苇，众人把它盖在塘上，立即撒上土，把塘填平，并在死者头部竖了一块碑石。然后他们把泥土踩实，又并排跪在墓前。大家静默了好半天。

"真主! 真主! 真主!"大家叹息着站起来。

红胡子分钱给老人，然后站起来，拿起鞭子在自己额上敲了三下，这才回家。

第二天早晨，齐林看见红胡子牵着一匹母马到村外去，后面跟着三个鞑靼人。他们走到村外，红胡子脱去短袄，卷起衣袖，露出两条粗壮的手臂，拔出匕首，在磨刀石上磨了磨。三个鞑靼人扳起马头，红胡子走过去割断马的喉管，把马放倒，开了膛，取出内脏，再用粗壮的手剥下马皮。来了几个鞑靼婆娘和姑娘，动手洗肠子和内脏。然后把马切成几块搬回家。村里人都聚集到红胡子家里吃丧酒。

一连三天，他们吃马肉，喝布扎，祭奠死者。鞑靼人全待在家里。第四天，齐林看见他们准备去什么地方赴宴。大约有十来个人穿戴得整整齐齐，骑马走了，红胡子也走了，只剩下阿卜杜尔一人留在家里。一钩新月刚刚升上来，夜还很黑。

"对了，"齐林想，"今天得跑了。"他把他的想法对科斯狄林说了，可是科斯狄林不敢。

"怎么跑啊？我们连路都不认得。"

"我认得路。"

"再说，一夜也走不到。"

"走不到，我们就在树林里过夜。我带了些饼来。难道你就这样坐着干等？他们寄钱来还好，万一他们凑不足这笔钱呢？现在鞑靼人都变得很凶，因为俄罗斯人杀了他们的人。他们一商量，就会把我们杀死的。"

科斯狄林思索再三，说："那好，我们走吧！"

五

齐林钻到洞里，把洞挖得更宽些，好让科斯狄林也能爬出去。他们坐在那里等山村安静下来。

山村里人声刚刚沉寂，齐林就从墙脚下爬出去。他低声唤着科斯狄林："爬出来！"

科斯狄林爬出去，一只脚在石头上绊了一下，发出了响声。主人家有一条看门的花狗，十分凶恶，名叫乌里亚申。齐林常常喂东西给它吃。乌里亚申一听见声音，就叫着冲过来，后面还跟着几条狗。齐林轻轻唤了一声，扔给它一小块饼。乌里亚申认出是他，摇摇尾巴，不再吠叫。

主人听见了，就从屋里吆喝道："叫什么！叫什么！乌里亚申！"

齐林搔搔乌里亚申的耳朵。狗不再作声，摇摇尾巴，在他腿上蹭着。

他们在墙角坐了一会儿。一切又沉寂下来，只听见一只绵羊在栏里咩咩地叫，溪水在低处石头上汩汩地奔流。天黑了，星星在高空中闪烁，山上升起一弯红红的新月，尖角向上。谷地里迷雾像牛奶一样白。

齐林站起来对同伴说："喂，老兄，走吧！"

他们动身了。刚走了几步，就听见毛拉在屋顶上大声祈祷："真主！俾斯米拉！伊尔拉赫曼！"这是召唤人们去清真寺做礼拜。他们又在墙脚下躲起来，等人们走过去。接着又安静下来。

"走吧，上帝保佑！"他们画了十字走了。他们经过一家农户，走到峭壁下的小溪边，涉过小溪，来到谷地。低处浓雾弥漫，但头上星光明亮。齐林根据星星的位置判断前进的方向。雾气清凉，行路轻快，只是靴子破烂，穿着很不舒服。齐林脱下靴子，把它扔了，光着脚走路。他从一块石头跳到另一块石头，不时抬头望望星星。科斯狄林落后了。

"慢一点儿，"他说，"你走吧，我这双靴子真该死，老是挤脚。"

"你把它脱掉，要好走些。"

科斯狄林也光着脚走，但更糟，两只脚都被石子磨破，他一直落后。齐林对他说："脚磨破，命可以保住，要是被他们赶上，命就没有了，那就更糟。"

科斯狄林不再说什么，只气喘吁吁地走着。他们在谷地走了好久。他们听见右边有狗叫。齐林站住，向周围环顾了一下，双手摸索着往山上爬。

"啊呀！"他说，"我们走错了，走到右边来了。这是另一个山村，我从山上看见过的，得回头往左边进山。那里应该有一片树林。"

科斯狄林说："等一下再走，让我喘口气，我的两只脚都流血了。"

"啊，老兄，会好的。你跳的时候脚步要轻一点儿。瞧，像这样跳！"

齐林转过身从左边进山，向树林那边跑去。科斯狄林一直落在后面，大声叫嚷。齐林嘘他，叫他别出声，自己不停地走着。

他们上了山。果然有一片树林。他们走进树林，身上最后一件衣服都被荆棘钩破了。他们找到了林中小路，继续前进。

"站住！"路上传来一阵蹄声。他们停下来倾听，有点儿像马蹄声，接着又静止了。他们一走动，蹄声又起。他们一站住，蹄声又消失了。齐林爬过去往路上光亮的地方看看，看见那里有一样东西。马不像马。身上有样古怪的东西，人又不像人。只听得它打了个响鼻。"这是什么怪物！"齐林轻轻吹了一声口哨，它就离开大路跑进树林，树林里立刻发出一阵树枝折断的飒飒声，仿佛暴风雨来临。

科斯狄林吓得趴在地上。齐林笑着说："这是鹿。你听见它的犄角撞断树枝的声音吗？我们怕它，它也怕我们。"

他们继续赶路。大熊星已落下，天快亮了。走这个方向对不对，他们不知道。齐林想，那天他们就是从这条路把他带来的，现在离自己人的地方大约还有十俄里，但没有可靠的标志，夜又黑得什么也看不清。他们来到一片林间空地。科斯狄林坐下来说："随你怎么说吧，我可实在走不动了，两只脚也不听使唤了。"

齐林竭力劝他。

"不行，"科斯狄林说，"我走不动了，没法儿走了。"

齐林大为生气，唾了一口，把科斯狄林大骂一顿。

"那我就只好一个人走了，再见！"

科斯狄林勉强站起来，往前走。他们又走了四俄里光景。树林里迷雾更浓，前方什么也看不见，只有星星隐约可见。

忽然前面传来马蹄声。听得见蹄铁在石头上的撞击声。齐林伏倒在地上，耳朵贴着地面听。

"不错，有人骑马到这儿来了。"

他们连忙离开大路，躲到灌木丛里。齐林又爬到大路旁观察，他看见一个鞑靼人骑马赶着一头牛走来，嘴里哼着山歌。鞑靼人骑马走过去了。齐林回到科斯狄林那里。"好了，上帝保佑，快起来，我们走。"

科斯狄林一站起来又倒下去了。

"不行，真的，不行。我没有力气了。"

这个身体笨重的胖子满头大汗。他受树林里寒气的侵袭，双腿像剥去一层皮一样，全身瘫软。齐林使劲把他抱起来。科斯狄林大声呻吟："喔唷，疼死我了！"

齐林被吓呆了。

"你叫什么呀！鞑靼人就在附近，他会听见的。"齐林说，接着暗自想："他确实很虚弱，叫我拿他怎么办呢？总不能把朋友丢下吧。"

"喂，"他说，"起来，靠到我背上。你不能走，我来背你。"

齐林背起科斯狄林，两手抓住他的大腿，朝大路走去。

"只是看在基督的分儿上你别卡我的脖子。你抓住我的肩膀。"齐林说。

齐林感到沉重，脚上出血，累得筋疲力尽。他不时弯下腰把科斯狄林耸高些，勉强背着他沿大路走去。

鞑靼人显然听见科斯狄林的叫声了。齐林听见后面有人骑马赶来，用他们的话叫喊着。齐林奔进灌木丛。鞑靼人取下枪，打了一枪，没有打中，用他们的话尖声叫喊着，沿大路走掉了。

"唉，"齐林说，"我们完了，老兄！这狗东西马上就会召集鞑靼人来追赶。要是逃不出三俄里，我们就完了。"心里却想到科斯狄林："活见鬼，真不该带这胖子走。要是我一个人，早就逃掉了。"

科斯狄林却说："你一个人走吧，何必让我连累你呢？"

"不，我不走，不能把朋友丢下。"

他又背起科斯狄林蹒跚着走去。这样又走了一俄里光景。树林，尽是树林，看不到头。迷雾渐渐消散，乌云飘来，看不见星星。齐林真的筋疲力尽了。

路旁有一道泉水，水底卵石清晰可见。齐林站住，放下科斯狄林。

"让我歇会儿，喝点儿水，"他说，"我们来吃点儿饼。应该不远了。"

他刚弯下身子喝水，就听见后面响着马蹄声。他们又逃到右边灌木丛，在峭壁下卧倒。

传来鞑靼人的说话声。鞑靼人已来到他们刚离开大路的地方，停下来商议了一阵，然后放狗来找寻。接着灌木丛里发出飒飒声，一条陌生的狗出现在他们面前，站在那儿大声吠叫。

几个陌生的鞑靼人钻进来，把他们抓住，捆绑起来，驮在马背上。

他们走了三俄里光景，看见他们的主人阿卜杜尔和另外两个鞑靼人迎面走来。阿卜杜尔同鞑靼人谈了几句，把他们抬到自己的马背上带回山村。

阿卜杜尔板着脸，一句话也没跟他们说。

黎明时分，他们被带回山村，扔在街上。孩子们聚拢来，向他们扔石子，用鞭子抽他们，尖声叫嚷。

鞑靼人围成一圈，山下那个老头子也来了。他们交谈着。齐林听见他们在议论怎样处理他们。有人说，得把他们送到深山野林，可是老头子说："得把他们杀掉。"阿卜杜尔争辩说："是我出钱把他们买来的，我要收回他们的赎金。"可是老头子说："他们一个钱也不会给的，只会带来麻烦。养着俄国佬也是罪过。把他们杀掉，不就完了。"

大家散开后主人走到齐林跟前，对他说："要是你们的赎金再过两个星期还不送来，我就把你们打死。要是你再想逃走，我就把你像狗一样宰了。快写信，好好写一封信回去！"

纸拿来了，他们又写了信。鞑靼人又给他们戴上足枷，押到清真寺后面。那里有一个五俄码深的坑，他们被送到坑里去。

六

　　他们的处境十分悲惨。足枷没有去掉，也不给他们放风。鞑靼人对他们像对狗一样，给他们吃一些生面团，再加一罐水。坑里又臭，又闷，又潮。科斯狄林病倒了，浑身浮肿，酸痛。他不是呻吟，就是昏睡。齐林看到情况这么糟，也泄了气，不知道怎样才能脱身。

　　他动手挖地道，但土没有地方丢。主人发现了，威胁要他的命。

　　有一次他蹲在坑里，想到自由生活，十分烦闷。突然，有一个饼落到他的膝盖上，接着又是一个，还撒下一些甜樱桃。他抬头一看，原来是季娜。季娜朝他看看，笑起来，跑了。齐林想："能不能叫季娜帮帮我们呢？"

　　他在坑里清理出一块地方，挖了点儿土，动手捏娃娃。他做了人、马、狗，想："等季娜一来，我就扔给她。"

　　第二天季娜没来。齐林听见一阵马蹄声，有人骑马跑过。鞑靼人聚集在清真寺旁大声争吵，提到了俄罗斯人。还听见那个老头子的声音。齐林听不清楚，但猜想是俄罗斯人来了，鞑靼人害怕他们进山村，不知道怎样处理俘虏。

　　鞑靼人谈了一会儿走了。齐林忽然听见上面沙沙响。他看见季娜蹲在地上，双膝竖得比头还高，她俯下身来，钱币项链在坑上荡来荡去。她的眼睛像星星一样闪闪发亮。她从衣袖里掏出两个干酪饼，扔给齐林。齐林接住饼说："你怎么好久没来了？我可给你做了些玩意儿了。喂，接住！"他把玩具一件件扔给她，可是她不断地摇头，看也不看。

"我不要。"她说。她默默地待了一会儿说："伊凡！他们要杀你。"她说着用手在脖子上比画了一下。

"谁要杀我？"

"我爹，老头子命令他。可是我可怜你。"

齐林说："既然你可怜我，那就给我拿一根长杆来。"

她摇摇头，表示"不行"。他合拢手掌求她："季娜，请你帮帮忙！好季娜，你就拿根杆子来吧！"

"不行，"她说，"他们都在家里，会看见的。"说完就走了。

晚上齐林坐在坑里想："怎么办？"他不断往上看。天上星光灿烂，月亮还没有升上来。毛拉召唤大家去夜祷，周围已经沉寂。齐林有点儿迷迷糊糊，心里想："那姑娘害怕了。"

突然有泥块落到他的头上。他往上一看，一根长杆在坑边戳着。杆子伸下来，齐林高兴极了，一把抓住杆子，把它拉下来。杆子很结实，他以前在主人家屋顶上看见过。

他往天空瞧瞧：星星高高地在天上闪烁，季娜的眼睛像猫眼一样在黑暗的坑顶发亮。她把头探到坑边，低声唤道："伊凡，伊凡！"同时两只手不断在脸旁摇摇，表示："轻一点儿，不要作声。"

"什么？"齐林问。

"大家都走了，家里只有两个人。"

齐林说："喂，科斯狄林，走吧，让我们最后再试一次，我托你上去。"

科斯狄林连听也不愿听。

“不，”他说，“看来我跑不了啦。我连翻身的力气都没有，还能去哪儿？”

“那么，别了，请你原谅。”他同科斯狄林吻别。

齐林叫季娜握紧杆子，自己抓住杆子往上爬。他两次跌下去，都是因为足枷碍事。科斯狄林托住他，他好不容易爬到顶上。季娜用一双小手使劲抓住他的衬衫往上拉，边拉边哭。

齐林拿起杆子说：“季娜，把它拿回去，不然被他们发现，你会挨揍的。”

季娜拿走杆子，齐林就下山了。他爬到峭壁下，拿起一块尖石砸足枷上的锁。锁很牢，怎么也砸不开，再说自己砸也很不方便。齐林听见有人从山上下来，蹦蹦跳跳很轻快。他想：“一定又是季娜。”季娜跑来，拿起石头说：“让我来。”

她蹲下来，动手砸锁。但她的手臂细得像树枝，一点儿力气也没有。她扔掉石头哭起来。齐林又接着砸锁。季娜蹲在旁边，扶住他的肩膀。齐林回头一看，看见左边山后有一片红光，月亮正在渐渐升起。他想：“趁月亮还没有升上来就穿过谷地，走进树林。”他站起来，丢掉石块。虽然戴着足枷，但他必须走。

“别了，”他说，“好季娜。我一辈子都会记住你的。”

季娜抱住他，双手在他身上摸索，找个地方把饼塞在他身上。他接过饼。

“谢谢你，”他说，“聪明的姑娘。我走后谁给你做娃娃呢？”说着摸摸她的头。

季娜双手捂住脸大哭起来，接着像小山羊一样跳上山去。

黑暗中只听见她背后辫子上的银币在叮当作响。

齐林画了十字，一手握住足枷上的锁，免得它发出响声，一瘸一拐地沿着大路走去，望望月亮升起处的光晕。路他是认得的，他得走八俄里路。但愿在月亮完全升起之前走到那片树林。他涉过小溪，山后月色已经发白。他走过谷地，边走边望：月亮还看不见。但月亮的光晕已很亮了，谷地一边也越来越亮，越来越亮。阴影往山下移动，离他越来越近。

齐林一直走在阴影里。他匆匆走着，月亮却爬得更快；右边的树梢已被月光照亮。他走近树林，月亮从山后爬出来，照耀得大地如同白昼。树上每一片叶子都看得清楚。山里宁静光亮，仿佛一切都死绝了。只听得山下溪水在汩汩奔流。

他走进树林，没有遇见一个人。他在树林里找了一个较暗的地方，坐下来休息。

他休息了一会儿，吃了一个饼，找到一块石头，再砸足枷。两只手都皮破血流，还是没有把锁砸掉。他站起来继续前进。又走了一俄里光景，身上一点儿力气也没有，两脚都磨破了。他又走了十来步，便停下来。他想："没办法，只要有一点儿力气还是得走。一坐下，就再也起不来了。要塞是走不到了，天一亮我就在树林里躺下，挨过白天，到夜里再走。"

齐林走了一个通宵，只遇见两个骑马的鞑靼人。他老远就听见他们的声音，便躲到树后。

月亮渐渐暗淡，地上出现露水，天快亮了，但齐林还没走到树林尽头。他想："我再走三十步就拐进树丛中休息。"他走了三十步，看见树林已到了尽头。他走出树林，天已大亮，原野和要塞看得一清二楚。左边，靠近山麓，篝火时明时灭，烟雾腾腾，旁边围坐着一群人。

他仔细一看，前面步枪闪亮，是一群哥萨克兵。

齐林乐了，拼着最后的力气向山下走去，心里想："上帝保佑，在这片精光的田野上可不能被骑马的鞑靼人看见。尽管要塞已不远，但也逃不掉。"

他刚这样想着，一看，左边山冈上站着三个鞑靼人，离他只有一百俄丈。鞑靼人也看见了他，向他开枪。他心里一怔，挥动双手，竭尽全力喊道："弟兄们！救命！弟兄们！"

本方的人听见了，几个骑马的哥萨克冲出来。他们向他跑来，想截断鞑靼人的去路。

离哥萨克还远，离鞑靼人却很近。齐林竭尽全力，一手提起足枷，向哥萨克狂奔。他忘乎所以，画着十字，大声叫嚷："弟兄们！弟兄们！弟兄们！"

哥萨克大约有十五个人。

鞑靼人害怕了，中途停下来。这时齐林已跑近哥萨克。

哥萨克把他团团围住，问他是谁，是干什么的，从哪里来。齐林高兴极了，一边哭，一边喊："弟兄们！弟兄们！"

哥萨克兵都跑出来把齐林团团围住。有人给他面包，有人给他粥，有人给他伏特加，有人拿大衣披在他身上，有人替他砸足枷。

军官们认出是齐林，把他领到要塞。士兵都很高兴，同伴都来看他。

齐林把他的经历从头到尾讲了一遍，然后说："嘻，我回家结婚就是这么一回事！看来这不是我的命。"

　　于是齐林留在高加索继续服役。科斯狄林花了五千卢布，一个月之后才被赎出来。他回到家里已虚弱不堪了。

袭 击

——一个志愿军的故事

一

七月十二日，赫洛波夫大尉佩着肩章，带着马刀（我来到高加索以后还没见过他这样装束），走进我那座泥屋子的矮门。

"我是直接从上校那儿来的，"他用这话来回答我疑问的目光，"我们营明天要开拔了。"

"到哪儿去?"我问。

"到某地去。部队奉命到那里集结。"

"到了那里是不是还有什么行动？"

"可能有的。"

"向哪方面行动？您有什么想法？"

"有什么想法？让我把知道的情况告诉您吧。昨天晚上有个鞑靼人骑马送来将军的命令，要我们营随身带两天干粮出发。至于上哪儿去，去干什么，去多久——那些事啊，老弟，谁也没问。命令你去，去就是了。"

"不过，要是只带两天干粮，那也不会待很久的。"

"哦，那倒不一定……"

"这怎么会？"我摸不着头脑了。

"这有什么稀奇！上次去达尔果，带了一星期干粮，结果待了差不多一个月！"

"我跟你们一块儿去行吗？"我停了一下问。

"要去也行，可我劝您最好还是别去。您何必冒这个险呢？"

"不，对不起，我不能听您的忠告。我在这儿待了整整一个月，就是希望有个机会亲眼看看打仗，您却要我放弃这个机会。"

"哦，那您就去吧。不过，依我看，您还是留在这儿好。您不妨打打猎，在这儿等我们，我们去我们的。这样挺不错！"他的语气那么具有说服力，以至于开头一会儿我也觉得这样确实挺不错，可我还是坚决表示不愿留在这地方。

"您去那边有什么可看的？"大尉继续说服我，"您是不是想知道仗有哪些个打法？那您可以读一读米哈依洛夫斯基·达尼列夫斯基①的《战争素描》。这是本好书，什么军团摆在什么地位，仗怎样打，里面都写得详详细细。"

"不，那些事我可不感兴趣。"我回答说。

"那么，什么事您感兴趣呢？您是不是光想看看人怎样杀人？……对了，一八三二年，这儿也来过一个不在役的人，大概是个西班牙人吧。他披着一件蓝色斗篷，跟着我们参加了两场战役……这好汉到头来还是送了命。老弟，在这儿谁也不会把您放在眼里的。"

大尉这样误解我的动机，虽然使我感到委屈，我却不想分辩。

"他怎么样，勇敢吗？"我问。

"只有天知道。他老是骑马跑在前头，哪儿交锋，他就赶到哪儿。"

"这样说来，他挺勇敢啰？"我说。

"不，人家不要你去，你却去凑热闹，这算不得勇敢……"

"那么，依您说，怎样才算勇敢呢？"

"勇敢吗？勇敢吗？"大尉重复说，现出困惑的神色，似乎第一次遇到这样的问题。**"该怎样行动，就怎样行动，这就是勇敢。"**他想了想说。

我记得柏拉图给勇敢下的定义是："知道什么应该害怕和

---

① 米哈依洛夫斯基·达尼列夫斯基（1790—1848），俄国军事史家。1812 年抗法战争中任库图佐夫的副官。著有《1813 年行军笔记》《1814 年进军法国素描》《1812 年卫国战争素描》等作品。

什么不应该害怕。"大尉的定义虽然笼统，不够明确，他们两人的基本观点倒并不像字面上那样存在分歧，甚至可以说，大尉的定义比那位希腊哲学家的定义更加准确，因为大尉要是能像柏拉图那样善于表达自己的意思，他准会这样说："**该怕的怕，不该怕的不怕，这就是勇敢。**"

我很想把我的想法告诉大尉。

我就说："我认为，每逢危险关头，人人都得做一番选择：出于责任感的选择，就是勇敢；出于卑劣感情的选择，就是怯懦。因此，一个人出于虚荣、好奇或者贪婪而去冒生命的危险，不能算勇敢；反过来，一个人出于正当的家庭责任感或者某种信仰而避开危险，不能算怯懦。"

我说这话的时候，大尉脸上露出一种古怪的神情瞧着我。

"哦，那我可没办法向您证明了。"他一边装烟斗，一边说，"我们这儿有个士官生，挺喜欢发表高论。您可以去跟他谈谈。他还会作诗呢。"

我是在高加索认识大尉的，但还在俄罗斯本土就知道他这个人了。他的母亲玛丽雅·伊凡诺夫娜·赫洛波娃是个小地主。她家离我家庄园只有两里地。我在动身来高加索之前曾去访问她。老太太听说我将见到她的小巴维尔（她就这样称呼头发花白、上了年纪的大尉），可以把她的生活情况告诉他（好像"一封活的信"），还可以替她带一小包东西去，高兴极了。她请我吃了美味的大馅饼和熏鹅之后，走进卧室，拿出一只用黑丝带吊着的黑色护身大香袋来。

"喏，这是庇护我们的火烧不坏的荆棘①的圣母，"她说着画了个十字，吻吻圣母像，这才把它放在我的手里，"先生，麻烦您带去给他。您瞧，那年他去**高加索**，我做过祷告，还许了愿：他要是平安无事，我就订这个圣母像给他。哦，十八年来圣母和圣徒们一直保佑他：他没有负过一次伤，可是什么样的仗他没有打过呀！听听那个跟他一块儿出去的米哈依洛所讲的情景，可真把人吓得汗毛都竖起来。说实话，他那些事我都是从别人嘴里听来的。我这个宝贝儿子，自己写信从来不提打仗的事，他怕把我吓坏。"

（到了高加索之后，我才知道，大尉负过四次重伤，但也不是从他本人嘴里知道的，他也确实从没把负伤、打仗那些事告诉过他母亲。）

"让他把这圣像挂在身上吧，"她继续说，"我拿这圣像为他祝福。但愿至高无上的圣母保佑他！特别在上阵打仗的时候，您叫他一定得挂上。亲爱的先生，您就对他说：是你母亲叮嘱的。"

我答应一定完成她的委托。

"我相信您准会喜欢他的，会喜欢我的小巴维尔的，"老妇人继续说，"这孩子心眼儿实在好！说实话，他没有一年不寄钱给我，对安娜，我的女儿，也帮了不少忙。可他这些钱全是从自己的饷银里节省下来的！我一辈子都要感谢上帝，因为

---

① 据《旧约·出埃及记》第三章，耶和华的使者在火烧不坏的荆棘中向摩西显现。

他赐给我这样一个好孩子。"她含着眼泪把话说完。

"他常常有信给您吗?"我问。

"难得有,先生,大约一年一封,只有寄钱来的时候写几句,平时是不写的。他说:'妈妈,要是我没写信给您,那就是说我平安无事;万一有什么意外,他们也会写信给您的。'"

当我把母亲的礼物交给大尉时(在我的屋子里),他问我要了一张纸,仔细把它包好,收藏起来。我把他母亲的生活情况详详细细告诉他,他不作声。等我讲完了,他走到屋角里,不知怎的在那里装了好半天烟斗。

"是的,她老人家实在好,"大尉在屋角里说,声音有点儿暗哑,"不知道老天爷是不是还能让我再见她一面。"

从这两句简单的话里流露出无限热爱和伤感。

"您干吗要到这里来服务呢?"我问。

"一个人总得做点儿事啊,"他十分肯定地回答,"何况对我们穷哥儿们来说,双薪也很有点儿用处。"

大尉生活俭朴:不打牌,难得大吃大喝,抽的是便宜烟草(不知怎的他把它称为"**家乡土烟**")。我早就喜欢大尉了,他的脸也像一般俄罗斯人那样朴实文静,看上去使人觉得舒服,而在这次谈话以后,我更对他产生了诚挚的敬意。

二

第二天早晨四点钟,大尉来邀我一起出发。他身上穿着一件没有肩章的破旧上衣、一条列兹金人的宽大长裤,头上戴着一顶卷曲发黄的白羊皮帽，肩上挂着一把蹩脚的亚洲式军刀。他骑的小白马垂下头，慢慢地遛着蹄，不停地摆动瘦小的尾巴。这位善良的大尉，外表并不威武，也不漂亮，可是他面对周围的一切那样镇定沉着，使人不由得对他肃然起敬。

我一分钟也不让他等待，就骑上马跟他出了要塞大门。

队伍在我们前面大约四百米外的地方，望过去黑压压的一大片，连绵不断，微微波动。显然，这是步兵，因为可以望见他们的刺刀，密密麻麻的，好像一排排长针，偶尔还可以听到士兵们的歌声、鼓声以及六连里优美的男高音与和声——他们的合唱在要塞里就常常使我神往。道路穿过一道又深又宽的峡谷，旁边有一条小河，河水这时正在泛滥。野鸽子成群地在河上盘旋，一会儿落在石岸上，一会儿在空中急急地兜了几圈，又飞得无影无踪。太阳还看不见，峡谷右边的峰巅却已被照得金光闪亮。灰蒙蒙的和白花花的岩石，草绿色的青苔，露珠滚滚的滨枣、山茱萸和叶榆，在灿烂的旭日照耀下显得层次清晰，轮廓分明。但峡谷左边和浓雾翻腾的谷地，却又潮湿又阴暗，而且色彩缤纷，难以捉摸：有淡紫，有浅黑，有墨绿，也有乳白。就在我们前面，白雪皑皑的群山，浮雕似的耸立在蔚蓝的地平线上。山岭的投影和轮廓古怪离奇，每一细部又都十分瑰丽动人。蟋蟀、蜻蜓和其他成千上万种昆虫，在高高的草丛里苏醒过来。它们一刻不停的清脆叫声，充塞四野，仿佛有无数微小的铃铛在我们的耳边鸣响。空气中充满流水、青草和雾霭的味儿。总之，这是一个可爱的初夏的清晨。大尉打着火，抽起烟斗来，他那**家乡土烟**和火绒的味道，我觉得特别好闻。

我们离开大道抄近路，想快点儿赶上步兵。大尉显得比平时更加心事重重，嘴里一直衔着他那只达格斯坦烟斗，每走一步都用脚跟碰碰胯下的马。这马左右摇晃，在又湿又高的野草上留下一行依稀可辨的暗绿色脚印。在马的脚下忽然发出一阵啼声和扑翼声（这种声音会叫一个猎人心花怒放），一只野鸡蹿出来，慢悠悠地向上空飞去。大尉却不去理它。

当我们快追上大队的时候，后面传来一阵急促的马蹄声，接着就有一个穿军官制服、戴白羊皮高帽的英俊青年从我们身边飞驰而过。他经过我们身边时，微微一笑，向大尉点点头，挥了挥鞭子……我只来得及看见他拉着缰绳坐在马上的洒脱姿势，还有他那双漂亮的黑眼睛、挺拔的鼻子和刚刚长出来的小胡子。我特别喜欢的是，当他发觉我们在欣赏他时，就情不自禁地微笑起来。单凭这笑容就可以断定，他还十分年轻。

"他这是往哪儿跑哇？"大尉露出不满的神气嘟囔着，并没取下嘴里的烟斗。

"他是谁？"我问他。

"阿拉宁准尉，我连里的副官……上个月刚从中等武备学校派来的。"

"他这是头一次上阵吧？"我问。

"是啊，所以这样兴奋！"大尉一边回答，一边若有所思地摇摇头，"年纪还轻呢！"

"怎么能不高兴呢？我明白，对一个年轻军官来说，头一次上阵总是挺有趣的。"

大尉沉默了有两分钟的样子。

"我说嘛，年纪还轻呢！"他声音低沉地继续说，"还什么也没见到，有什么可高兴的！多经历几次，就不会这样高兴了。假定说，我们这儿现在有二十个军官，到头来总会有人牺牲或者负伤的。这是肯定的。今天轮到我，明天轮到他，后天又轮到另外一个。这又有什么可高兴的呢？"

三

灿烂的太阳刚从山后升起，照亮我们所走的山谷，波浪般的浓雾就消散了，天也热了。士兵们扛着枪，掮着口袋，循着灰沙飞扬的大路前进；队伍里偶尔传出乌克兰话和笑声。几个穿直领白军服的老兵（大部分是军士），嘴里含着烟斗，在大路旁边一面走，一面庄重地谈话。三匹马拉的大车，装得沉甸甸的，慢吞吞地前进，把浓密的尘埃扬得直悬在空中。军官们骑马走在前头，有几个在马上显本领：他们把马鞭打得连跳三四下，然后陡地掉转马头停下来。另外有几个兴致勃勃地听歌手们唱歌，尽管天气又热又闷，歌手们却一曲又一曲地唱个不停。

步兵前面两百米外的地方，有个高大漂亮的军官，一副亚洲人打扮，骑着一匹大白马，跟几个骑马的鞑靼人走在一起。他是团里有名的不顾死活的好汉，并且**在任何人面前都敢直言不讳**。他穿着镶金边的紧身黑上衣，配上同样的裹腿，崭新的镶金边平底软鞋，黄色的契尔克斯外套①和帽顶向后倒的羊皮高帽。他胸前和背上束着几条银色带子，带子上挂着一个火药瓶和一支手枪；腰带上另外插着一支手枪和一把银柄短剑。此外，腰里还佩着一把插在镶金红皮鞘里的军刀，肩上还挂着一支装在黑套子里的步枪。从他的服装、举动和骑马姿势上都可以看出，他是在竭力模仿鞑靼人。他甚至用一种我听不懂的语言同旁边的鞑靼人说话。那些鞑靼人却困惑而又好笑地交换着眼色。就凭这一点，我相信他们也听不懂他的话。我们那儿有些青年军官，他们精通骑术，勇敢无畏，受马尔林斯基②和莱蒙托夫③作品的影响很深，往往按照《当代英雄》和《摩拉·奴尔》来看待高加索。他们的所作所为，不是凭他们自己的习性，而是竭力模仿书中人物。他就是其中的一个。

就说这位中尉吧，他也许喜欢结交贵妇人和将军、上校、副官之类的要人（我甚至敢断定他很喜欢这种上流社会，因为他这人十分虚荣），但他认为对待一切要人都应该粗声粗气，虽然他的粗鲁还是很有分寸的。要是有什么贵妇人来到要塞里，他准会光穿一件红衬衫，赤脚套上一双软鞋，同几个朋友徘徊在她的窗下，并且拉开嗓门大叫大骂。但他这样胡闹，

① 一种高加索男人穿的无领束腰长外套。
② 别斯土舍夫（1797—1837），俄国作家，笔名马尔林斯基，因参加十二月党人起义被捕流放，在高加索服役，死于战斗中。著有中篇小说《阿玛拉特老爷》和《摩拉·奴尔》，以浪漫主义笔调描写高加索的景色和习俗。
③ 莱蒙托夫（1814—1841），俄国诗人、作家、艺术家，代表作有《祖国》《当代英雄》等。

并不是存心得罪她，而是让她看看他那双白净好看的脚，并且让她明白，要是能取得他的欢心，就可以跟他谈情说爱。他还常常带着两三个归顺的鞑靼人，夜里上山打埋伏，杀害路过的不肯归顺的鞑靼人。虽然心里也常常想到，这种行为根本谈不上勇敢，可他还是认为必须折磨那些鞑靼人，因为不知怎的他对他们十分反感，总是很鄙夷和憎恨他们。他有两件东西从不离身：一件是挂在脖子上的大圣像，另一件是佩在衬衫外面连睡觉也不摘下的短剑。他确实认为他有仇人。他必须向什么人报复，用鲜血来报仇雪恨。他认为怀有这样一种想法是莫大的乐趣。他深信对人类的憎恨、复仇和轻蔑是最崇高而富有诗意的感情。但他的情妇（当然是个契尔克斯女人，我后来碰到过她）却说他这人极其温柔善良，他天天晚上都在日记本里记下忧郁的思想，在方格纸上记账，并且跪着向上帝祷告。为了使他的行动合乎他自己的心意，他真是受够了罪，因为他的同伴和士兵们总是不能像他所希望的那样理解他。有一次，他跟几个同伴夜行军，在路上开枪把一个不肯归顺的车臣人的腿打伤，并且把他俘虏了。结果那车臣人在他家里住了七个星期，他亲自给他治伤，像最亲密的朋友那样照顾他，等那车臣人的腿伤痊愈，他就放了他，还送了他一些东西。后来，在一次战斗中，中尉正随着散兵线后撤，同时开枪向敌人还击，忽然听见敌方阵营中有人唤他的名字，接着上次被他打伤的车臣人骑马跑到阵前，并且做手势要中尉跑出来。中尉就驰到他跟前，跟他握了握手。山民们站在一旁，并不开枪，可是等中尉拨转马头往后跑时，就有几个敌人向他开枪，有一颗子弹打中了他的臀部。再有一次，要塞半夜失火，有两连士兵赶来救火。在人群中间，忽然出现一个骑黑马的高大汉子，全身被火光照得通红。他分开人群，向着火的地方驰去。他驰到熊熊的大火前面，翻身下马，冲进一座被火焰吞没一边的房子。五分钟后，这位中尉，头发烧焦，臂肘炙伤，从房子里走出来，怀里抱着两只从烈火中抢救出的小鸽子。

这位中尉姓**罗森克兰兹**，但他常说他是瓦利亚基人①出身，并且有根有据地证明他和他的祖先都是道地的俄罗斯人。

四

太阳走了半天的路程，透过炙热的空气，把火辣辣的光芒投射在干燥的地面上。湛蓝的天空万里无云，只有雪山的山麓开始渐渐裹上淡紫色的云雾。空气纹丝不动，空中仿佛弥漫着透明的尘埃，天气热得难受。半路上，部队遇到一条小溪，歇了下来。士兵们架好枪，都向小溪奔去。营长在树荫下的军鼓上坐下，他那张胖脸上露出职高位大、与众不同的神情。他跟另外几位军官一起，准备吃点心。大尉躺在辎重车下的青草上。勇敢的罗森克兰兹中尉同几个年轻的军官一起坐在地上，身下铺着斗篷，旁边摆着各种酒瓶，歌手们也唱得特别起劲。这景象说明他们准备痛饮一番。那些歌手在他们面前排成半圆形，吹着口哨，唱着一支高加索舞曲：

---

① 公元九世纪到十世纪征服俄罗斯的诺曼人。

沙米里①想起来造反，

在以往的年月里……

嗒啦啦呀，啦嗒嗒……

在以往的年月里。

在这些人中间，有一个就是早晨赶上我们的那个青年军官。他的模样怪有趣：眼睛闪闪发亮，说话颠三倒四，他想同每个人接吻，向每个人表示他的热情……真是个可怜的孩子！他不知道在这种场合他的样子有多么可笑；他不知道对每个人表示直爽和热情，并不能像他所渴望的那样博得人家的欢心，反而会引起嘲笑；他也不知道，当他热情冲动地扑在斗篷上，用臂肘支住头，把又浓又黑的头发往后一甩时，他那副模样又是那么可爱。有两个军官坐在辎重车底下，在食物箱上玩着"捉傻瓜"。

我好奇地听着士兵们和军官们的谈话，留神地瞧着他们脸上的神色，但丝毫也看不出我自己所感受到的那种惊惶不安的心情：他们有说有笑，互相戏谑，对当前的危险漠不关心，满不在乎，仿佛根本没想到其中准有几个人不能从这条路上回去。

---

① 沙米里（1798—1871），达格斯坦和车臣的第三世伊玛目（伊斯兰教教长），在高加索山民中组织宗教和民族运动，跟沙皇俄国先后作战达二十五年，1859年被俄国军队击败，停房。

五

晚上六点多钟，我们精疲力竭，满身尘土走进宽阔坚固的要塞大门。太阳快落山了，把它那玫瑰红的余晖投向美丽如画的小炮台，投向要塞四周的花园和高高的白杨树，投向金黄色的田野，也投向聚集在雪山周围的白云——白云仿佛在模仿雪山，连成一片，跟雪山一样神奇美丽。一钩新月，好像一小朵透明的云彩，出现在天边。在离要塞不远的山村里，一个鞑靼人正在泥屋子的平顶上召集信徒做祷告；歌手们又打起精神，雄赳赳地唱起歌来。

我歇了一会儿，养了养神，就去找那个认识的副官，请他把我的意图转告将军。从我歇脚的郊区出发，一路上看见的要塞景象完全出乎我的意料：一辆漂亮的双座马车赶上我，车窗里露出一顶时髦的女人帽子，还传出几句法国话。将军寓所的窗子敞开着，里面琴声叮咚，有人在一架走音的钢琴上弹奏《丽莎》和《卡金卡波兰舞曲》。我经过一家小酒馆，看见几个文书手拿烟卷在里面喝酒。我听见他们中间有人说："对不起……说到政治嘛，在我们这儿的夫人中间玛丽雅·格里哥里耶夫娜要数第一了。"一个背有点儿驼的犹太人，身穿破旧的上衣，满面病容，正拉着一架声音刺耳的蹩脚手风琴，因此郊区到处都荡漾着《路茜亚》最后乐章的旋律。有两个女人，身上穿着窸窣发响的衣服，头上包着丝头巾，手里拿着色彩鲜艳的小阳伞，步态轻盈地循着铺板的人行道从我旁边走过。有两个姑娘，一个穿粉红衣裳，一个穿天蓝衣裳，不包头巾，站在一所矮房子的土台旁边，装腔作势地咪咪笑着，显然想吸引那些过路军官的注意。军官们穿着崭新的军服，佩着闪闪发亮的肩章，戴着雪白的手套，在街上和林荫道上炫耀自己的装束。

我在将军寓所的底层找到了我那位熟人。我刚开口向他说明我的愿望，他立即就说这事好办。就在这时候，我刚才碰到的那辆漂亮马车从我们窗外辚辚经过，在门口停下了。车上下来一个体格魁梧的男人，身穿步兵制服，佩少校肩章，向将军的屋子走来。

"哦，对不起，"副官一边说，一边站起身来，"我得去向将军通报。"

"是谁来了？"我问。

"伯爵夫人。"他回答说，一边扣军服，一边跑上楼去。

几分钟以后，就有一个身材不高但眉清目秀的人，穿一件不戴肩章的军服，纽孔上挂一个白色十字架，来到台阶上。他后面跟着少校、副官和另外两个军官。从将军的步态、声音和举动上可以看出，他时刻记住自己是个重要人物。

"*晚安，伯爵夫人。*"① 他一边说，一边把手伸进车窗里。

一只戴细皮手套的小手握住他的手，同时，一个头戴鹅黄帽子、满面笑容的美人在车窗口出现了。

他们谈了几分钟话。我从他们身旁经过时听到将军笑嘻嘻地说："您知道我发誓要和异教徒干到底。您可得小心，别做

---

① 此句原文为法语。以下原文凡用法语的，均排楷体，不再一一作注。

这样的人。"① 车里的人笑了起来。

"那么，别了，亲爱的将军。"

"不，再见，"将军一边说，一边返身走上台阶，"别忘了，我明天一定要来参加您的晚会。"

马车又辚辚地继续前进。

"天下竟有这样的人，"我在回家的路上想着，"他有了俄罗斯人所追求的一切：高官、财富、声望，可是这个人在这天知道将怎样收场的战斗的前夜，还在跟一个漂亮女人调情，答应第二天到她家里喝茶，就像在舞会上碰到她一样！"

就在这副官的屋子里，我遇到一个使我更加惊奇的人。他是 K 团的一个年轻中尉，以近乎女性的温柔和腼腆著名。他来向副官诉苦，发泄他对某些人的气愤，说他们阴谋不让他参加当前的战斗。他说这种行为是卑劣的，是不够朋友的，他永远不会忘记，等等。我细细察看他脸上的表情，倾听他说话的语气，我不能不相信，他完全不是做作，而是确实感到极其气愤和伤心，因为他们不让他拿着枪去打契尔克斯人并且受他们的射击。他伤心得像一个冤枉挨打的孩子……我实在摸不着头脑。

六

部队决定在晚上十点出发。八点半钟，我骑上马到将军那儿去。我料想将军和他的副官一定很忙，就在他门口下了马，

---

① 法文"异教徒"还有一个意思是"不忠实的人"，这里是双关语。

133

把马拴在篱笆上，自己在土台上坐下，等他们出来一起走。

太阳的炎热和光芒，已经被黑夜的清凉和新月的微光所代替。湛蓝的星空中，围着半圈苍白光晕的月亮开始冉冉下沉。大房子的玻璃窗和泥屋子的板窗缝里都有灯光漏出来。白墙芦苇顶的泥屋子浸浴在溶溶的月光中。在泥屋子后面的地平线上，花园里一排挺拔的白杨树显得更高更黑了。

房子、树木和篱笆的狭长阴影落在光亮的灰沙路上，煞是好看……河上的蛙鸣噪个不停①；街上一会儿传来匆匆的脚步声和说话声，一会儿传来嘚嘚的马蹄声；郊区那儿偶尔飘来手风琴声：一会儿是《狂风呼啸》，一会儿又是什么《曙光圆舞曲》。

我不愿说我在冥思苦想些什么，这首先是因为眼看着周围一片欢欣鼓舞的景象，我不好意思把心中摆脱不掉的抑郁想法说出来；其次是因为这跟我的故事不调和。我想得那么出神，连钟打十一下、将军带着随从在我身边经过都没有觉察。

我慌忙跨上马去追赶部队。

后卫部队还没有走出要塞的大门。我好容易从大炮、弹药车、辎重车和大声发号令的军官中间挤过去，总算过了桥。我出了要塞，绕过绵延一俄里长、在黑暗中默默移动的队伍，追上了将军。当我经过排成单行的炮队和在大炮之间骑马前进的军官们时，我听见有人用德国口音大声叫嚷，好像庄严宁静的和声中混杂着一个讨厌的不调和音："点火杆，给我点火杆！"接着就有个士兵慌忙喊道："舍甫琴科，中尉要个火。"

---

① 高加索青蛙的叫声跟俄罗斯青蛙的叫声完全不同。——作者注

现在大部分天空被一条条灰黑的云片遮住，只有云缝中间漏出几颗暗淡的星星。月亮已经落到右首不远的黑魆魆的群山后面去了，但山顶上还洒着朦胧的月光，跟笼罩着山麓的一片漆黑形成了强烈的对比。空气温暖，没有一丝风，使人觉得地上没有一茎野草在摇摆，天上没有一朵浮云在飘动。天黑得厉害，连近在手边的东西都分辨不清。大路两边，我忽而仿佛看到岩石，忽而仿佛看到野兽，忽而又仿佛看到古怪的人形，直到听见飒飒的响声，闻到露水的清香，才发现原来都是灌木。

　　我看见前面有一道高低起伏、连绵不断的黑墙，后面跟着几个移动的黑点：那是骑兵的先锋队以及将军和他的随从。在我们后面，也有同样黑压压的人群在向前移动，但比前面的矮一些，这是步兵。

　　整个队伍鸦雀无声，因此那富有神秘魅力的各种夜声清晰可闻：豺狼在远处哀号，时而像痛苦的哭泣，时而像呵呵的狞笑；蟋蟀、青蛙和鹌鹑高声地唱着单调的曲子；还有一种越来越近的隆隆声，我却怎么也猜不透是什么声音；还有一切难以捉摸的夜间的天籁，全都汇合成一片优美的谐音，也就是我们平时所说的夜的寂静。这寂静，又被嘚嘚的马蹄声和队伍缓步前进踏响青草的飒飒声所打破，或者不如说又同这些声音合成一片了。

　　队伍里只偶尔听见重炮的辘辘声、刺刀的撞击声、低低的说话声和马的嘶鸣声。

　　大自然充满了一种使人心平气和的美与力。

　　生活在这广袤无际的星空下，生活在这美妙绝伦的地面上，难道人们还感到局促吗？处在这迷人的大自然的怀抱里，难道人的心里还能容纳憎恨与复仇的感情或者毁灭同类的欲望吗？在跟大自然的接触中，在跟这美与善的最直接表现者的接触中，人心里的一切恶念也该消失净尽了吧！

七

我们骑马行军两个多小时。我开始浑身哆嗦，昏昏欲睡。在黑暗中，我又隐隐约约地看到那些模糊的景象：前面不远的地方有一道黑墙，还有一些移动的黑点；我的身边，一匹后腿分得很开、尾巴摇动的白马的臀部；一个穿白色契尔克斯外套的背影，外套外面挂着一支装在黑套子里的步枪，还有一把插在绣花枪袋里的手枪的白柄；一束纸烟的火光照亮了淡褐色的小胡子、海龙皮的领子和一只戴麂皮手套的手。我俯伏在马颈上，闭上眼睛，迷迷糊糊地过了几分钟。忽然一阵熟悉的马蹄声和飒飒声把我惊醒了。我睁开眼睛向周围望望。我仿佛觉得自己站在一个地方，前面那道黑墙正在向我移动；又仿佛那墙屹立不动，我自己眼看着就要向它直冲过去。这当儿，那个我怎么也猜不透的连续的隆隆声，越来越近，越来越响，使我越发感到惊奇。原来这是水声。我们刚进入一个深邃的峡谷，正向一条泛滥的山溪走去。① 隆隆声更响了，潮湿的青草更密更高了，灌木越来越多，眼界渐渐缩小。在黑压压的群山上，偶尔东一点西一点地闪起明亮的火光，接着又熄灭了。

---

① 在高加索，河水一般在七月里泛滥。——作者注

"请问这火光是怎么一回事?"我低声问旁边一个鞑靼人。

"你不知道吗?"他应声说。

"不知道。"

"这是山民把干草缚在杆子上,点上火摇晃着呢。"

"搞这个干什么?"

"好让大家知道俄罗斯人来了。哎,哎,此刻山村里正乱成一团,大家都把东西往山沟里拖。"他笑着又说。

"难道山民已经知道部队开到了吗?"我问。

"嗻!怎么会不知道!每次都知道!我们那边的老百姓就是这样的!"

"那么沙米里也在准备应战啰?"我又问。

"不,"他摇摇头回答,"沙米里自己不会出来。沙米里会派纳伊勃①出来打仗,自己在山头上拿望远镜望着。"

"他住得远吗?"

"不远。喏,左边,大约有十里地。"

"你怎么知道?"我问,"难道你去过那边吗?"

"去过。我们全到过山里。"

"也见到过沙米里吗?"

"嚯!沙米里我们是见不到的。有一百个,有三百个,有一千个穆里德②保护着他。沙米里在他们的中央!"他露出肃

---

① 纳伊勃是受沙米里委托掌管事务的人。——作者注
② "穆里德"一词有许多意义,这里是指介于副官和侍卫之间的人物。——作者注

然起敬的神情说。

抬头望去，只见明净的天空在东方蒙蒙发亮，北斗星正向地平线冉冉下沉，但我们所走的峡谷依旧又潮湿又阴暗。

忽然，在我们前面不远的黑暗中亮起了几点火光。就在这一刹那，有几颗子弹嘘嘘地飞过，远远的几下枪声和一阵尖厉刺耳的喊声打破了寂静。这是敌人的前哨。组成前哨的鞑靼人大声喊了一阵，胡乱放了几枪，就跑掉了。

周围又静了下来，将军叫来一个翻译。那个穿白色契尔克斯外套的鞑靼人跑到他跟前，指手画脚地同他低声谈了好一阵。

"哈萨诺夫上校，命令队伍布成散兵线！"将军轻轻地用拖长而清晰的声音说。

队伍来到溪边。峡谷两旁黑压压的群山落在后面，天色破晓了。几颗黯淡无光的残星在空中若隐若现，天空却显得比原来高了；明亮的曙光在东方豁露出来；西边吹来沁人心脾的凉风，透明的薄雾好像蒸气，在喧闹的溪流上袅袅上升。

八

领路的鞑靼人指出涉水过溪的地方。骑兵先锋队领先，将军带着随从在后，开始涉过溪流。溪水深齐马胸，在累累的白石（有些地方石头跟水面相齐）之间滚滚奔腾，在马腿周围形成一股水花飞溅、哗哗喧响的急流。水声使马匹吃惊，它们昂起头，竖起耳朵，小心翼翼地踩着高低不平的溪底，一步步逆流前进。骑马的人把腿缩起，提起武器。步兵都只穿一件衬衫，把挑着衣服包裹的枪高举在水面上，二十个人连成一排，手挽手奋勇逆流而行，神色十分紧张。骑马的炮兵大声叫嚷，急急地把马赶到水里。大炮和绿色的弹药车从溪底的石头上隆隆驶过，有时还受到水流的冲击，但优良的黑海马同心协力地拉着挽索，激起水花，终于带着湿淋淋的尾巴和鬃毛爬上对岸。

等全体人马涉过溪水，将军脸上顿时现出若有所思的严肃神情，掉转马头，带着骑兵，朝前面那片宽阔的林间空地跑去。哥萨克骑兵沿着树林边缘布成了散兵线。

我们看到树林里有一个步行的人，穿契尔克斯外套，戴羊皮高帽，接着又看到第二个、第三个……有个军官说："是鞑靼人。"接着就看见一团硝烟从一棵树的后面冒出来……响起了枪声，又是一下……我们密集的枪声压倒了敌人的枪声。只偶尔飞过一颗子弹，发出蜜蜂一般的嗡嗡声，说明并不是我们单方面在开枪。于是步兵和炮车都飞快地进入了散兵线。但听得炮声隆隆，枪声嗒嗒，霰弹哗啦啦飞溅，火箭嘘溜溜尖叫。在广阔的空地上，四面八方都是骑兵、步兵和炮兵。大炮、火箭和步枪的硝烟，跟沾满露水的草木和迷雾混成一片。哈萨诺夫上校飞跑到将军跟前，陡然勒住马。

"大人！"他一边举手敬礼，一边说，"请您命令骑兵冲锋吧，敌人的旗号①已经看得见了。"他用鞭子指指几个骑马的鞑靼人；领头的两个骑着白马，手里都拿着缚有红蓝布条的杆子。

---

① 山民的旗号相当于我们的军旗，所不同的是他们每个骑士都可以自制和使用旗号。——作者注

"去吧，上帝保佑你，伊凡·米哈依雷奇！"将军说。上校当即拨转马头，拔出军刀喊道："冲啊！"

"冲啊！冲啊！冲啊！"队伍里一片呐喊，骑兵们立即跟着他冲出去。

人人都全神贯注地望着前方，一个旗号，又是一个，第三个，第四个……

敌人没想到对方会发起冲锋，都躲到树林里去，从那里开枪。子弹越来越密了。

"多迷人的景象啊！"将军骑着他的细腿黑马，照英国人的款式轻跳了几步，赞叹说。

"真迷人！"少校喉音很重地回答，策马跑到将军跟前，"在这样漂亮的地方打仗，真是一大乐事。"

"特别是跟好战友在一起。"将军笑眯眯地补上一句。

少校鞠了个躬。

就在这当儿，敌人的一颗炮弹带着刺耳的呼啸声直飞过来，打中了什么东西，背后有人呻吟起来。这呻吟声使我深为感动，以致雄壮的战斗场面一下子对我丧失了魅力。但除了我，似乎谁也没注意到：少校显然笑得越发欢畅了；另一个军官若无其事地把刚开了头的话重新说了一遍；将军眼望着对方，露出泰然自若的微笑，用法国话说着些什么。

"要不要向他们回击？"炮兵指挥官骑马跑来请示。

"好，吓唬吓唬他们。"将军一边点雪茄，一边漫不经心地说。

炮队摆开阵势，开始轰击。地面上炮声隆隆，半空中火光闪闪，硝烟遮住视线，连大炮周围炮手的身体都看不清楚了。

轰击完毕，哈萨诺夫上校又骑马跑来，在取得将军命令后向山村冲去。又响起战斗的呐喊声，骑兵扬起一片灰沙，随即消失不见了。

景象确实十分壮丽。对我这个没参加战斗也不习惯于战争的人来说，只有一个感想破坏了总的印象，那就是：我认为这种行动、这种兴奋和呐喊都是不必要的。我不禁想，这情形不是有点儿像一个人在抡斧头乱砍空气吗？

九

山村被我们的部队占领了。当将军带着随从（我也在里面）到达的时候，村里已经没有一个敌人。

一座座整洁的长方形小屋，带着平坦的泥屋顶和别致的烟囱散布在高低起伏、岩石累累的丘陵上，丘陵中间流着一道清溪。溪的一边是果园，里面长着高大的梨树和樱桃李，在灿烂的阳光下苍翠欲滴；另一边是些古怪的阴影——又高又直的墓碑和顶上安着圆球和彩旗的长杆（这是鞑靼骑士们的坟墓）。

部队整齐地排列在大门外。

过了一会儿，龙骑兵、哥萨克和步兵都喜气洋洋地分散到曲折的小巷里，空虚的山村顿时活跃起来。这儿，一个屋顶塌了下来，有人用斧头劈开一扇坚实的木门；那儿，一堆干草，一道篱笆，一座房子，烧了起来，滚滚的浓烟直冲晴朗的天空。这儿，一个哥萨克拖着一袋面粉和一条毯子；那儿，一个士兵满面春风，从屋子里拿出一个白铁盆子和一些破烂衣物；

另一个士兵张开双臂，想捉住两只在篱笆边咯咯叫的母鸡；再有一个士兵不知在哪儿找到一大罐牛奶，喝了一点儿，又哈哈笑着把罐子扔在地上。

那个和我一同从要塞出发的营也到达了山村。大尉坐在平坦的屋顶上，嘴里衔着他那只短烟斗，喷着**家乡土烟**的烟气。他的神态那么悠闲，使我也忘记身在战乱的山村之中，觉得跟在家里一样自在了。

"哦！您也在这儿吗？"他一看到我，说。

罗森克兰兹中尉的高大身姿在村子里到处闪现。他不断地发号施令，十分忙碌。我看见他得意扬扬地从屋子里出来，后面跟着两个兵，带着一个上了年纪的鞑靼人。那老头儿只穿一件破烂不堪的杂色短褂和补丁累累的裤子，身体非常虚弱，背有点儿驼，那两条被紧缚在背后的瘦骨嶙峋的手臂，似乎勉强挂在肩膀上，他那双赤裸的罗圈腿十分吃力地挪动着。他的脸上和一部分剃光的头皮上布满了深深的皱纹。他那张没有牙齿的歪嘴在修剪过的灰白胡子遮盖下不断地翕动，像是在嚼什么东西，但他那双没有睫毛的红眼睛还炯炯有光，同时流露出老年人对生命的淡漠。

罗森克兰兹通过翻译问他，为什么他不跟人家一起走。

"叫我到哪儿去？"他镇静地望着一旁，说。

"跟人家一块儿走。"有人说。

"骑士们跟俄罗斯人打仗去了，可我是个老头儿。"

"难道你不怕俄罗斯人吗？"

"俄罗斯人会拿我怎么样？我是个老头儿。"他若无其事地望望周围的一圈人，又说。

回去的时候，我看见这个老人光着脑袋，双手反缚，在那个领路的哥萨克的马鞍后面摇来晃去，依旧冷漠地望着周围。他是被带走作交换俘虏用的。

我爬到屋顶上，在大尉旁边坐下。

"看样子敌人不多。"我说，很想知道他对这次战斗的想法。

"敌人？"他惊奇地反问了一句，"根本没有什么敌人，难道这也算得上敌人吗？到晚上我们撤退的时候您再瞧瞧，您就可以看见他们会从那边拥出来给我们送行了！"他一边说，一边用烟斗指指我们早晨来的那座小树林。

"那是在干什么呀？"我打断大尉的话，指指离我们不远处聚拢在一起的一群顿河哥萨克，不安地问。

那边似乎有婴儿的哭泣，还有人语声：

"哎，别杀……住手……会被人家瞧见的……刀有吗，叶夫斯基尼奇？……拿刀来……"

"在分什么东西，那些混蛋。"大尉镇静地说。

就在这当儿，那个长得很漂亮的准尉忽然从角落里跑出来。他神色慌张，满脸通红，挥动两臂，向那群哥萨克直奔过去。

"别动，别杀他！"他用孩子般的尖嗓子叫道。

哥萨克一看见军官，就散开来，放下手里的一只白羊羔。年轻的准尉手足无措，嘴里嘟囔着什么，窘态毕露地站在他们面前。他看见我和大尉坐在屋顶上，脸涨得更红，连蹦带跳地向我们跑来。

"我还以为他们在杀小孩子呢。"他羞怯地微笑着说。

十

将军带着骑兵前进。从某要塞随同他前来的那个营留作后卫。赫洛波夫大尉和罗森克兰兹中尉的两个连一起往后撤。

大尉的预言完全被证实了:我们一进入他提到的那座狭小树林,两边就不断出现骑马和步行的山民。他们离我们很近。我清清楚楚地看见有几个人弯着身子,手里拿着步枪,从一棵树背后跑到另一棵树背后。

大尉脱下帽子,虔诚地画了十字,几个老兵也学他的样子。树林里响起一片呐喊声和说话声:"耶依·格耶乌尔!乌罗斯·耶依!"接着响起一阵急促而单调的步枪声,子弹嗖嗖地从两边飞来。我们的士兵默默地用猛烈的火力向他们回击,队伍里只偶尔听到这样的话:"**他**①是从那边打过来的,**他**躲在树林里倒舒服,用**大炮**来轰就好了……"

大炮进入了散兵线。我们连发了几发霰弹之后,敌人的力量似乎削弱了,但过了一会儿,随着我们军队的步步前进,敌人的火力又加强了,呐喊声也更响了。

我们离开村子才五六百米,敌人的炮弹就在我们头上呼啸飞过。

我看见有个士兵被炮弹打死了……但我又何必详细描述这

_____

① 高加索士兵对敌人一般统称为"他"。——作者注

可怕的场面呢？我真希望赶快把它忘掉！

罗森克兰兹中尉亲自拿步枪射击，一刻不停地用沙哑的嗓子向士兵们吆喝，飞也似的从散兵线的这一头跑到那一头。他的脸色有点儿苍白，这跟他那威武的面貌倒很相称。

漂亮的准尉兴奋极了。他那双好看的黑眼睛闪着勇敢的光芒，嘴巴上浮着笑意。他一再骑马跑到大尉跟前，要求大尉准许他带着队伍**冲锋**。

"我们能把他们打退，"他信心十足地说，"一定能把他们打退。"

"不用了，"大尉温和地回答，"我们得撤退了。"

大尉率领的一连人占领了树林边缘，士兵们趴在地上向敌人还击。大尉穿着破旧的上衣，戴着揉皱的帽子，松下手里的缰绳，弯腿踏着短鞍镫，骑在白马上，默默地停留在一个地方（士兵们对打仗都很内行，任务执行得也很好，因此不用给他们下什么命令）。他只是偶尔提高嗓子，对那些抬起头来的士兵吆喝一声。

大尉的外表并不威武，但是极其朴实诚恳，使我非常感动。"这才是真正勇敢的人！"我不由得想。

他的样子**跟我平时看到的完全相同**：举止依旧那么沉着，声音依旧那么镇定，在他那张虽不漂亮，但却淳朴的脸上依旧现出诚恳的神情，只有他那双眼睛比平时更加明亮，显出一个沉着工作的人的专心神情。"**跟平时完全相同**"——这话说说是容易的。然而，在别人身上我看到过形形色色的表现：有人想装得比平时镇定，有人想装得比平时凶狠，有人想装得比平时快乐。但从大尉的脸上可以看出，他根本不明白为什么要装模作样。

"近卫军宁肯牺牲，决不投降！"在滑铁卢说这句话的法国人和说过别的名言的英雄（特别是法国的英雄），他们确实是勇敢的，也确实说过令人难忘的豪言壮语。然而，他们的勇敢跟大尉的勇敢却是有差别的。不论在什么场合，我们的这位英雄，即使心里想起什么豪迈的话，他也决不会说出口来，因为：第一，他怕说了豪迈的话，反而会毁了豪迈的事业；第二，要是一个人觉得能胜任一件豪迈的事，就根本用不着说什么话。我认为，这是俄罗斯人勇敢的独特而崇高之处。因此，听到我们的青年军人说些庸俗的法国话，企图仿效陈旧的法兰西骑士精神，一颗俄罗斯的心怎能不觉得难受呢？

忽然，从漂亮的准尉和他手下一排人站着的地方轻轻地传来一片参差不齐的"冲啊"的呐喊声。我应声回过头去，看见大约有三十个士兵手里拿着枪，肩上背着袋子，很吃力地沿着翻耕过的田野奔跑。他们绊着跤，但还是呐喊着向前冲去。年轻的准尉拔出马刀，跑在他们前面。

全部人马都消失在树林里了……

喊声和枪声延续了几分钟，随后树林里蹿出一匹受惊的马。树林边上出现了几个抬着死伤人员的士兵，年轻的准尉也负伤了。两个士兵架着他的胳肢窝走着。他的脸白得像手巾，漂亮的脑袋可怕地缩在肩膀里，垂倒在胸口，几分钟前那副雄赳赳的神气，只在脸上留下一点儿影子。他的上衣敞开着，白衬衫上有一块不很大的血迹。

"唉，真可怜！"我情不自禁地说，掉头不看这悲惨的景象。

"确实很可怜。"我旁边的一个老兵说，他神情忧郁，臂肘支在枪上。"他什么都不害怕，这怎么行呢！"他眼睛盯着受伤的准尉，又说，"真傻，这下子可吃亏了。"

"难道你害怕吗？"我问。

"怎么不害怕！"

十一

四个士兵用担架抬着准尉。一个救护兵牵着一匹累坏的瘦马跟在后面，马背上驮着两只绿色的医疗用品箱。他们在等医生。军官们纷纷跑到担架跟前，竭力鼓励和安慰负伤的准尉。

"嗳，阿拉宁老弟，如今你可得再等一些日子才能跳响板舞了。"罗森克兰兹中尉跑到他跟前笑笑说。

他满以为这话会使漂亮的准尉听了高兴，可是从后者忧郁冷淡的神情上来看，他的话并没有达到预期的效果。

大尉也跑到他跟前，仔细瞧瞧负伤的人，他那一向冷漠的脸上也露出真挚的怜悯。

"怎么搞的，我亲爱的阿纳托里·伊凡内奇？"他的语气那样亲切温柔，我真没有想到，"显然这是上帝的意思。"

负伤的人回过头来，苍白的脸上浮起一丝苦笑。"是的，是我没听您的话。"

"不如说这是上帝的意思！"大尉重复说。

医生来了。他从助手手里接过绷带、探针和别的用具，卷起袖子，带着使人鼓舞的微笑，走到负伤的准尉跟前。

"是不是他们也在您完整的皮肉上打了个窟窿?"他若无其事地开玩笑说,"来,让我瞧瞧!"

准尉听任他检查,但他对这位快乐的医生,眼光里却含着惊奇和责备。这一点医生没有注意到。他用探针探查伤口,多方面进行检查,使负伤的准尉痛得忍不住连声呻吟,把他的手推开……

"别管我了,"他声音轻得几乎听不见地说,"我反正要死的。"

他说完这话倒下了。五分钟以后,我走近围着他的人群,问一个士兵:"准尉怎样了?"回答是:**"他去了。"**

十 二

当部队排成宽阔的行列唱着歌回到要塞的时候,天色已经晚了。

太阳落到雪山后面,把玫瑰红的余晖投向澄澈的天边一片长长的薄云。雪山渐渐隐入淡紫色的雾霭里,只有峰巅的剪影在红艳艳的夕照里显得分外清晰。皎洁的新月早已升起,在湛蓝的天空中渐渐发白。葱茏的草木都在变黑,并且沾上露水。黑压压的队伍发出整齐的脚步声,在茂盛的草地上移动着。四面八方都听得见手鼓、军鼓和轻快的歌声。六连的第二男高音放开嗓子拼命歌唱,他那慷慨激昂、感情洋溢的纯净胸音,远远地荡漾在清澈的晚空中。

十二月的塞瓦斯托波尔

曙光刚刚染红萨崩山上的天空，暗蓝的海面已揭开黑色的夜幕，只等第一道阳光射到，就将闪出欢乐的光芒。从海湾那儿飘来寒气和迷雾，地上没有积雪，周围一片黑土，但是早晨凛冽的寒气刺着人脸，薄冰也在脚底下咯咯发响。只有远处永不停息的涛声（偶尔被塞瓦斯托波尔的隆隆炮声打断），打破清晨的寂静。从舰船上隐约地传来八击钟①的响声。

---

① 照船上习惯，每逢四点半、八点半、十二点半都打钟一记，以后每过半小时递增一记，因此到四点、八点、十二点正好打八记，称为八击钟。

在北岸，白天的活动正逐渐代替黑夜的宁静：这儿士兵碰响着步枪在换岗；那儿一个医生匆匆赶往医院；这儿有一个士兵从掩蔽壕里爬出来，用冰水洗洗黝黑的脸，然后转身对着红艳艳的东方，迅速地画着十字，做着祷告；那儿一辆高大笨重的驼车嘎吱嘎吱响着驶往墓地，去埋葬那些几乎装到车顶的血淋淋的尸体……你要是走近码头，鼻子里就会冲进一股煤炭、马粪、潮气和牛肉的怪味儿。码头上堆积着成千件五花八门的东西：木柴、肉、土筐、面粉、铁等。各个团的士兵有的背着袋子，捎着步枪，有的空着双手，都挤在这里。他们抽着烟，骂着人，把笨重的东西拖到那艘靠在码头旁边冒烟的轮船上。摆渡船满载着形形色色的人物——士兵、水手、商人、妇女，不断地靠拢码头，又驶离码头。

"先生，到伯爵码头吗？请上船！"两三个退伍水兵从划子上站起来，向你招揽生意。

你挑定那只离你最近的划子，跨过陷在船旁泥泞中的那匹已在腐烂的枣红色死马，上船向舵那边走去。于是你离了岸。你的周围已是一片在朝阳下闪耀的大海；你的前面，那个穿驼毛外套的老水兵和那个亚麻色头发的男孩子，正在默默地使劲划桨。你望望海湾，海湾里遍布着漆成条纹的舰船，有的近，有的远，还有那些小艇，好像一个个黑点，在一片熠熠发亮的蔚蓝色海面上移动；你望望对岸，岸上漂亮的都市建筑抹上了玫瑰红的朝阳；你望望那条由水栅和沉船形成的泡沫翻腾的白线，以及那些凄凉地露出水面的沉船的黑色桅顶；你望望呈现在远处水晶般澄澈的水天之际的敌舰，你再瞧瞧那被船桨激起的浪花，浪花里冒着汩汩的水泡。你听听节拍匀调的划桨声和从水面上飘送过来的人语声，以及塞瓦斯托波尔雄壮的炮声，你会觉得，那炮火似乎越来越猛了。

想到你也处身在塞瓦斯托波尔，心里就不能不充满一种勇敢自豪之情，你血管里的血液就不能不奔腾得更加迅速……

"先生！从康士坦丁号下面一直过去吧，"老水兵回过头来对你说，同时看看你掌舵的方向对不对，"把舵往右转一点儿。"

"上面的大炮倒没动过呢。①"划子从军舰旁边经过时，亚麻色头发的孩子凝视着它说。

"哦，当然，这是条新军舰，柯尔尼洛夫②原来就在上面指挥过。"老头儿也打量着战舰说。

"你瞧，那边在爆炸了！"那孩子沉默了好一阵之后说，眼睛盯着那团突然出现在南湾上空又渐渐扩散的白烟。接着就传来了一阵猛烈的炮弹爆炸声。

"这是他在新炮台开的炮。"老头儿若无其事地往手里吐了口唾沫，又说，"喂，米施卡，加把劲，让我们赶上那条驳船。"于是划子就更快地在海湾宽阔的波浪上前进，真的赶上了那条满载着一袋袋货物而由几个笨拙的士兵划着的驳船，穿过停泊在那儿的各式各样的船只，在伯爵码头靠了岸。

---

① 大部分战舰上的炮，都拆下来用到要塞上去了。

② 柯尔尼洛夫（1806—1854），俄国海军将领，历任黑海舰队和港口参谋长，1854年克里米亚战争中指挥俄军防守塞瓦斯托波尔，同年10月负伤牺牲。

码头上熙熙攘攘地来往着灰制服的陆军、黑制服的海军和穿着杂色衣衫的妇女。乡下女人在这儿出售面包，俄罗斯农民带着茶炊大声喊着："吃热蜜汤啊！"码头的最初几级台阶上就狼藉着生锈的炮弹、炸弹、霰弹和各种口径的铁炮。稍远就是一片大广场，场上横着几根木头和几座炮架，有几个士兵在那里睡觉；还有马匹、车辆、绿色的大炮和弹药车，以及一堆堆架着的步枪；陆军、海军、军官、妇女、孩子和商人，熙来攘往；装着干草、袋子和木桶的大车，络绎不绝；偶尔还有骑马的哥萨克兵和军官，或是坐马车的将军经过广场。右边是一条筑有防寨的街道，防寨的炮眼里安着几尊小炮，有个水兵坐在旁边抽烟斗。左边是一座漂亮的房子，墙上刻着罗马数字，门前站着几个士兵，摆着几副血迹斑斑的担架——处处都可以看到军营令人不快的迹象。你最初得到的印象准是最不愉快的：军营生活和都市生活、漂亮的城市和肮脏的野营奇怪地混杂在一起，不仅不漂亮，而且乱七八糟，叫人看了不舒服；你还会觉得人人都饱受惊吓，东奔西窜，不知所措。但你要是走近仔细瞧瞧周围人们的脸，你就会得到截然不同的印象。就拿这个辎重兵来说吧，他正拉着三匹枣红马去饮水，怡然自得地哼着歌曲，显然这杂乱的人群并没有使他眼花缭乱，仿佛他们根本就不存在似的——饮马也罢，拖大炮也罢，他都干得那么从容，那么自信，那么沉着，仿佛他现在是在图拉或者萨兰斯克。而且，在那位戴着洁白手套的过路军官的脸上，在那个坐在防寨上抽烟的水兵的脸上，在那些带着担架守候在原俱乐部门口的士兵的脸上，在那个怕弄脏粉红色衣裳、在穿过街道时从这块石头跳到那块石头的少女的脸上，你都可以看到同样的神情。

是的，你要是第一次来到塞瓦斯托波尔，你准会大失所望！不论从哪一个人的脸上，你都找不到惊慌和狼狈的神情，甚至找不到热烈、果断或者准备牺牲的神色——你根本看不到这些表情。你看到的只是些平凡的人，镇定地干着平凡的事，因此你也许会责备自己过分兴奋，同时怀疑你凭北岸所得的见闻而构成的关于塞瓦斯托波尔保卫者如何英雄豪迈的概念，是否真实可靠了。但你别急于怀疑，还是先到棱堡那儿去一趟，到现场看看塞瓦斯托波尔的保卫者，或者，最好干脆就到对面那座大厦去一下，就是门口站着抬担架的士兵、原先做过塞瓦斯托波尔俱乐部的那座房子。那里你可以看到塞瓦斯托波尔的保卫者，那里你可以看到可怕而又可悲、庄严而又好玩、惊心动魄而又鼓舞人心的景象。

你走进巨大的俱乐部里去吧。一推开门，你就会看到一片触目惊心的景象，闻到一股腥臭难当的气味：里面有四五十个断手丢足和伤热沉重的伤员，其中一部分躺在床上，但大部分都躺在地板上。你的脚也许会在门口停住，可你别让这种恶劣的感情支配你。进去吧，别不好意思**瞧瞧**受难的人们，别不好意思走近跟他们谈谈：不幸的人喜欢看到人们同情的脸色，他们喜欢谈谈他们的痛苦，听听亲切安慰的语言。你从一排排的病床中间走过去，你就找一张比较和蔼而不太痛苦的脸，大胆去跟他谈谈吧。

"你伤在什么地方啊?"你怯生生地问一个瘦骨嶙峋的老

兵，他坐在床上，用和善的目光盯着你，仿佛在请你走拢去。我之所以说"你怯生生地问"，是因为眼看着别人的痛苦，除了深切同情之外，你还会产生一种既怕冒犯他又很尊敬他的感情。

"腿上，"那士兵回答，你立即会从毯子的折痕上看出，他的一条腿膝盖以下部分没有了。"感谢上帝，如今我可要出院了。"他补充说。

"你负伤好久了吗?"

"有五个多礼拜了，先生!"

"怎么样，现在还疼吗?"

"不，现在不疼了，没什么；只有逢到天气不好时有点儿疼，平时没什么。"

"你是怎么负伤的?"

"在第五棱堡，先生，就在第一次炮轰的时候。我瞄准好大炮，正向第二个炮眼走去，这时候他就打中了我的腿，我好像掉到一个窟窿里去了。一看，腿没有了。"

"开头你难道真的不觉得疼吗?"

"不觉得什么，只觉得腿上好像被什么东西烫了一下。"

"那么后来呢?"

"后来也没什么；只有皮肤被拉拢来的时候，仿佛有点儿刺痛。最要紧的是，先生，**别想得太多**。你不去想它，就没什么。痛苦多半是因为想得太多。"

这时候，一个穿灰条子衣服、包黑头巾的女人走了过来，并且参加你跟那水兵的谈话。她开始给你讲他的事、他的痛苦，以及四个礼拜中他经历的危险状态，还讲到他在负伤之后怎样叫担架停下来让他瞧瞧我们炮台打排炮，亲王怎样跟他谈话，还赏给他二十五卢布，他怎样对亲王说，他还要回棱堡去，如果他自己干不了，就去教练年轻人。这女人一口气讲了这些事，眼睛一会儿对你望望，一会儿对水兵瞧瞧。那水兵转过脸去，扯着枕头上的棉线，仿佛不在听她说话。而她的眼睛里却闪出一种兴奋的光芒。

"她是我的老婆，先生！"水兵带着抱歉的口吻说道，仿佛是说："您可得原谅她。娘儿们就是爱说蠢话。"

现在你有点儿了解塞瓦斯托波尔的保卫者了，你在这个人面前不知怎的觉得有点儿惭愧。你本想说许许多多话来向他表示同情和钦佩，可是你找不到恰当的字句来表达，而对那些想到的话又觉得极不满意。这样，面对着这种不居功自傲而又坚毅顽强的精神，面对着这种因自身的崇高反而感到羞愧的态度，你就会默默地低下头来。

"好吧，愿上帝保佑你早日恢复健康。"你对他说。接着你走到另一个病人跟前，那人躺在地板上，显然是在难以忍受的痛苦中等待着死亡。

这是个淡黄头发的人，脸色苍白而浮肿。他伸开左臂仰天躺着，显出极度痛苦的样子。他那干枯的张开的嘴，困难地喘着气；他那死气沉沉的蓝眼睛向上翻着；而他那条截剩下来的右臂，裹着绷带，弓起在打皱的毯子下面。一股垂死的人身上的恶臭强烈地冲进你的鼻子，而贯穿在伤员四肢的内热仿佛也侵入了你的身体。

"怎么，他失去知觉了吗?"你问那女人，她跟在你的后面，像亲人一样亲切地瞧着你。

"不，他还听得见，可是很危险了，"她又低声说，"我刚才给他点儿茶喝——尽管是个陌生人，也怪叫人心疼的——可是他简直一点儿也喝不下。"

"你觉得怎么样?"你问他。

负伤的人听到你的声音，翻了一下眼珠，可是他既看不见你，也不太明白你的意思。

"心头在发烧哇。"

稍微过去一点儿，你可以看见一个老兵在换衬衫。他的脸和身体都是黄褐色的，瘦得只剩下一副骨头架子了。他少了一条手臂：齐肩膀截掉了。他身体已经复原，精神饱满地坐着，但从他那死气沉沉的眼神上，以及他那可怕的消瘦和脸部的皱纹上，你可以看出，这个人生命中最好的东西已经被痛苦折磨尽了。

在他对面的床上，你可以看见一张女人的苍白柔弱、充满痛苦的脸，双颊上浮现着发烧的红晕。

"这个水兵的老婆五号那天被炮弹炸伤了腿，"那个给你做向导的女人告诉你，"当时她正好上棱堡去给丈夫送饭。"

"腿截掉了?"

"是的，一直截到膝盖上。"

现在，要是你的神经够坚强的话，你可以从左边的门走到那个房间里去，那儿正在包扎伤口和施行手术。你在那儿可以看到脸色苍白神情阴郁的医生，两臂上溅满鲜血，在病床旁边忙碌。上了麻药的伤员躺在床上，睁着眼睛，嘴里像梦吃般说着些莫名其妙但有时却朴实动人的话。医生们给人做截肢手术，他们正干着令人嫌恶而又崇高的工作。你会看到锋利的弯刀怎样切进白净的皮肉里。你会看到伤员怎样忽然苏醒过来，发出惨不忍闻的叫喊和咒骂。你会看到助医怎样把截下的手臂扔在角落里。在这个房间里，你还会看到担架上躺着另一个伤员，他眼看着伙伴动手术，忍不住浑身痉挛，哼个不停，但主要不是由于肉体上的创痛，而是由于精神上的折磨。总之，你会看到种种惊心动魄的景象。你在这儿看到的战争，不是军容整齐的队伍、激昂的军乐、咚咚的战鼓、迎风飘扬的旗帜和跃马前进的将军，而是战争的真实面目——流血、受难、死亡……

离开这所充满痛苦的房子，你准会觉得如释重负，你会深深地吸几口新鲜空气，因为意识到自己的健康而高兴，但一想到这些苦难，你又会觉得自己的渺小，你也就会毫不犹豫地泰然向棱堡走去……

"跟这么多的死亡和这么多的痛苦比起来，我这个渺小得像虫子的人的死亡和痛苦又算得了什么呢?"但是，明朗的天空，灿烂的太阳，漂亮的城市，大门敞开的教堂和熙来攘往的军人，这种种景象很快就会使你的心情又像平时一样轻松愉快，你又会关心起琐碎的事情，热衷于现实的生活了。

你也许会碰上一个军官的出丧行列正从教堂里出来，粉红色的棺材由乐队和飘扬的旗帜伴送着。你也许会听见棱堡那边传来的炮声，但这并不会唤起你原先的想法。你会觉得出丧是个很壮观的场面，炮声是种很雄壮的声音，而你在救护站所得的关于痛苦和死亡的鲜明印象，也绝不会跟这种场面和这种声音联系在一起。

过了教堂和防寨，你就进入城市里最热闹的地区。街道两边挂着商店和酒馆的招牌，商人、戴帽子的女人、包头巾的女人、军装笔挺的军官……一切都说明居民的坚强、自信和镇定。

你要是想听听水兵们和军官们的谈话，那就走进右边那家酒馆里去吧；那边准有人在谈昨天晚上的事，谈芬尼卡姑娘，谈二十四号那天的战事，还会谈到肉饼怎么又贵又不好吃，也会谈到伙伴中某人是怎样牺牲的。

"活见鬼，今天我们那边糟透了！"一个淡黄头发的年轻海军军官声音低沉地说，他脖子上围着一条绿色的羊毛围巾，嘴上没有胡子。

"'我们那边'指什么地方啊？"另一个军官问。

"第四棱堡。"年轻的军官回答。你听到"第四棱堡"几个字，准会特别注意这个淡黄色头发的军官，甚至对他抱几分敬意。他那过分洒脱的姿态、指手画脚的样子，以及高声的谈笑，在以前你也许会觉得粗鲁无礼，现在看来却是一种情绪特别昂扬的表现——这种情绪是一般青年人在经历危险之后所常有的。但你总以为他会告诉你，第四棱堡怎样被枪炮打得一塌糊涂。根本不是那么一回事！一塌糊涂是由于地上的泥泞。"炮台那边简直走不过去。"他指指靴筒上溅满泥浆的靴子说。"我那个最好的炮手今天牺牲了，正好打中脑门。"另一个军官说。"哪一个呀？米玖兴吗？""不……你到底给不给我小牛肉哇？混蛋！"他回头对堂倌说，"不是米玖兴，是阿勃罗西莫夫。他是个好汉，参加过六次突击呢。"

餐桌的另一角坐着两个步兵军官：一个年轻的穿红领大衣，肩章上有两颗星；一个年老的穿黑领大衣，肩章上没有星。他们面前放着几盘肉饼拼豌豆和一瓶叫"波尔多"的克里米亚酸葡萄酒。年轻军官正在给老军官讲阿尔玛战役的经过，他已经有几分酒意了，说话时断时续，目光迟疑不决，表明他在怀疑人家是不是相信他的话，而这主要是因为他把自己在这场战役中的作用说得太过分了，情况也讲得太可怕了。不过，从他的神态上看得出来，他的话离开事实的确很远。但你没有心绪去听这些故事，反正往后你在俄罗斯各地都可以经常听到。你急于想到棱堡那边去，特别是人家给你讲得那么多、讲法又那么不同的第四棱堡。谁要是说他到过第四棱堡，总会显出特别兴奋和骄傲的神气。谁要是说"我上第四棱堡去"，总会流露出微微的激动，或者过分的淡漠。谁要是开人家玩笑，往往说："真该把你送到第四棱堡去！"当你遇到抬担架的，你问："从哪儿来？"回答多半是从第四棱堡来。对这座可怕的棱堡存在着两种截然不同的看法：那些从来没有到过棱堡的人，深信凡是去的人准得送命，而那些生活在棱堡里的人，譬如那个淡黄头发的海军准尉吧，要是谈到第四棱堡，却会告诉你，那边地上干燥还是泥泞，掩蔽部里是冷还是热，等等。

你在酒馆里只待了半小时，天气却已起了变化：海面上迷蒙的雾霭凝聚成潮湿的灰云，把太阳都遮没了；空中落着愁人的毛毛雨，打湿了屋顶、人行道和士兵的大衣……

再经过一座防寨，出了大门，向右拐弯，你就来到另一条大街上。过了这座防寨之后，街两边的房子都空着没有人住，也没有招牌，门上钉着木板，窗子打得粉碎，这儿有个墙角被炸掉了，那儿又有个屋顶给打穿了。看上去，建筑物好像饱经忧患的老兵，用骄傲而又带点儿轻蔑的神气瞧着你。你一路走去，不时会被地上狼藉的炮弹绊到，或者跌进石子地上积水的弹坑里。你会在街上遇见和赶上成群结队的士兵、哥萨克和军官；偶尔也会碰到一个女人或者孩子，但不会是那种戴帽子的太太小姐，而是穿旧外套着军靴的水兵的婆娘。你顺着街道继续往前走，走下一个小山坡，周围看到的就不再是房子，而是一堆堆奇形怪状的瓦砾、石头、木板、泥土和圆木。你看见前面那座陡峭的山上，有一片壕沟纵横的黑色烂泥地。这该就是第四棱堡了吧……这儿更难得遇到人了，女人根本看不见，士兵们都急急地赶着路，地上到处是血迹，而且你准会在这儿遇见四个兵抬一副担架，担架上往往可以看到一张蜡黄的脸和血迹斑斑的外套。你要是问："他伤在哪里?"抬担架的也不向你回过头来，只气冲冲地回答说伤在腿上或者臂上，如果抬的是个轻伤员的话。不然他们就板着脸不作声，而担架上也看不见脑袋，说明那人不是死了，就是负了重伤。

在你上山的时候听到炮弹或者榴弹在附近呼啸，你会感到浑身不舒服。此刻听到的声音，跟你在城里听到的声音，在感觉上完全不同。你的头脑里会突然闪过一阵宁静愉快的回忆；

对个人得失的考虑，会超过你对外界事物的观察；你开始不太注意周围的一切，忽然产生了一种讨厌的犹豫不决的情绪。尽管在面临危险时你内心里会发出这种卑鄙的呼声，你还是能把它压下去（特别是因为你看到一个士兵，挥动两臂，顺着泥泞滑下山去，嘻嘻哈哈地从你旁边经过），而且会情不自禁地挺起胸膛，昂起头，向这座泥泞滑溜的山上爬去。你爬了没有多少路，就有来复枪弹在你左右嗖嗖飞过，你也许会考虑，还是走那条跟道路平行的壕沟吧，可是壕沟里充满又臭又黄的泥浆，深可没膝，这样你就非走大路不可了，何况**大家都在走大路**呢。走上两百步光景，你就来到一片挖得很深的泥泞地，周围是堆起的土筐、土堤、火药库、炮床、掩蔽壕，上面摆着一尊尊巨大的铁炮，放着一堆堆整齐的炮弹。你会觉得这一切都像是偶尔凑在一起的，并没有什么目的、联系和秩序。这儿，炮台上坐着一群水兵；那儿，场地中央横着一尊被击毁的大炮，炮身一半陷在泥泞里；那儿，有个扛枪的小兵吃力地在泥泞中拖动脚步，越过炮台。四面八方，到处你都能看到炮弹的碎片，没有爆炸的榴弹、炮弹，营地遗下的垃圾，而这一切都陷在又稀又黏的泥浆里。你似乎觉得炮声不远，四面都飞着子弹——有的嗡嗡响着，像蜜蜂振翅，有的嘘嘘飞过，有的急促而尖厉，像琴弦的颤动。你会听到轰然一声巨响，使你浑身震动，觉得真有点儿魂飞魄散了。

"哦，这就是第四棱堡了，真是个可怕的地方！"你心里这样想，同时感觉到微微的自豪和竭力克制着的极度恐惧。可是你错了：这还不是第四棱堡。这是亚索诺夫多面堡，是个相当安全根本没有什么可怕的地方。上第四棱堡，你得再向右拐弯，沿着那条有个小兵弯腰走去的狭小壕沟前进。在这个壕沟里，你又会遇见担架、水兵和带铲子的步兵。你会看见地雷的导线、没在泥泞中的掩蔽部——这种掩蔽部里只能爬进两个人。你还会看到黑海大队的哥萨克步兵在那儿换鞋，吃东西，抽烟，过他们的日子。你会看到处处都是发臭的泥浆、营地遗下的垃圾和各种各样的废铁。再走三百步光景，你又来到一座炮台上——一块布满坑坑洼洼的场地，周围是装满泥土的土筐、摆在炮床上的大炮和土垒。你会在这儿看见四五个水兵，躲在胸墙后面打牌；还会遇到一个海军军官，他发现你是个好奇心很重的外来人，就会兴致勃勃地带你参观他们的工事，以及一切你可能感兴趣的东西。这个军官会那么镇静地坐在大炮上，拿着一片黄纸卷烟卷，那么沉着地从这个炮眼走到那个炮眼，跟你说话又那么从容不迫，一点儿也不做作，因此，你头上飞过的子弹虽然越来越密，你却变得镇定起来。你会向那军官问长问短，并且用心听他解说。他会告诉你（但一定要你问他，他才肯说）五号那天炮轰的情况。他会告诉你，当时他的炮台上只有一门大炮能用，炮手只剩下八个，可是到了第二天，六号早晨，他还是把门门炮都打响了。他会告诉你，五号那天有颗炮弹落在水兵的掩蔽部上面，炸死了十一个人。他会从炮眼里指给你看，敌人的炮台和壕沟就在七八十米开外的地方。我只是担心，你在嘘嘘叫的子弹下，从炮眼里探出头去窥察敌人，会什么也看不见。但要是看见了，你准会大吃一惊，因为那堵离你那么近、上面冒着白烟的白色石墙，原来就是敌人，就是我们的士兵们所说的**他**了。

那个海军军官出于虚荣或者单纯戏谑的心理，很可能开几炮给你瞧瞧。"叫炮手们来打炮！"于是就有十四五个水兵，有的把烟斗放进口袋里，有的将面包干塞进嘴里，全都生气勃勃、快快活活地踏着打过铁掌的皮靴，跑到大炮旁边，动手装上炮弹。你仔细瞧瞧他们的脸，瞧瞧他们的姿态和行动吧：黑里透红的高颧骨脸上的每条皱纹、每块肌肉，这些宽阔的肩膀，穿着巨大靴子的粗腿，每一个沉着稳重、从容不迫的动作，一切都显示出俄罗斯人力量的主要特征——淳朴而顽强。不过，在每个人的脸上，除了显示出危险、愤怒和战争的痛苦这些主要征象之外，你还可以看到流露着自尊心以及高尚的理想和感情。

突然，一声天崩地裂的巨响，不但震撼你的耳朵，而且震撼你的全身，你不禁打了个寒噤。接着就听到了炮弹呼啸远去的声音，同时一团浓烟把你的身体、炮床和走动着的水兵的黑影都笼罩住了。你会听到水兵们对我们这一炮发表不同的意见，你会看到他们情绪激昂，并且流露出一种你也许完全没有料到的感情——这是深藏在每个人心里的报仇雪恨的感情。"正好打中**炮眼**，我看打死了两个……喏，抬出来了！"你会听到这样的欢呼声。"这下子他可火了，马上就会还手的。"有人这么说。果然，一会儿你就看到前面火光一亮，冒出一团硝烟，那个站在胸墙上的哨兵喊道："大——炮！"接着就有一颗炮弹从你旁边呼啸而过，轰的一声落在地上，把泥土和石子炸得飞溅开来。炮台指挥官被这颗炮弹激怒了，他命令把大炮一门一门装上炮弹，敌人也开始向我们还击。这时你就会体会到一种有趣的感觉，听见和看见一幕有趣的情景。于是哨兵又会叫喊："大炮！"你又会听到同样的呼啸声和爆炸声，以及泥土和石子的飞溅声，或是哨兵的叫声："臼炮！"于是你会听见一阵均匀的炮弹呼啸声。这声音相当悦耳，很难使人联想到恐怖。这呼啸声越来越近，越来越快，接着你就会看到有个黑色的球撞在地上，发出清楚而响亮的爆炸声。随后，弹片带着尖叫声向四方飞溅开来，石子在空中沙沙直响，你身上也会溅满污泥。听见这些声音，你会产生一种又痛快又恐怖的奇异感觉。在炮弹向你飞来的这一刹那，你准会想到你要被它打死了，但自尊心支持着你，谁也没发觉你其实是心如刀割。不过，等炮弹没有碰到你而飞过去之后，你清醒过来，刹那间，你会感到喜不自胜，你也就领略到在生死关头所特有的一种壮美之感，于是你希望炮弹更近地落在你旁边。这时哨兵又用他那洪亮而重浊的声音喊道："臼炮！"接着又是炮弹的呼啸声、落地声和爆炸声，但在爆炸声中还夹着一个人的呻吟，这使你大吃一惊。你向负伤的人走过去，正好担架也赶到了。这个负伤的水兵浑身都是血和泥，样子怪得简直不像个人了。他的胸膛被撕去了一块。开头几分钟，他那溅满污泥的脸上，只露出恐惧的神色和一种好像预先装出来的痛苦表情（处在这种境地的人往往有这样的表情），但是，当担架抬过来，他侧着那没受伤的半边身子躺下时，你就会发现他的表情起了变化：脸上热情洋溢，透露出一种没说出口的崇高思想，眼睛更加明亮，牙齿咬得紧紧的，并且吃力地把头昂得更高。当他被抬起来的时候，他止住担架，声音哆嗦地对伙伴们说："别了，弟兄们！"他显然还想说些什么，说些使人感动的话，但结果只重复道："别了，弟兄们！"这时候，有个水兵走过来，把军帽戴在伤员昂起的头上，接着又沉着地摆动两臂，回到大炮那儿去。"每天总有七八个人这样牺牲。"海军军官看到你脸上惊惧的神色，会这样向你说明。他一面打哈欠，一面又拿黄纸卷烟卷……

……

现在，你可在阵地上看到塞瓦斯托波尔的保卫者了。你回去的时候，不知怎的不再理会一路上（直到那座被击毁的戏院）呼啸着的炮弹和枪弹，你将怀着一种宁静而高尚的心情回去。主要是你获得了一个愉快的信念：塞瓦斯托波尔绝不会被人家占领，不但塞瓦斯托波尔绝不会被人家占领，而且俄罗斯人民的力量在任何地方都不会动摇。这种信念的确立，不是由于你看到了无数遮弹障、胸墙、纵横交错的壕沟、坑道和重重叠叠的大炮（这些东西你一点儿也不懂），而是由于你看到了他们的眼神、举止，听到了他们的谈吐，也就是所谓塞瓦斯托波尔保卫者的精神。他们的举动是那么利落，那么起劲，又那么从容不迫，使你相信即使繁重百倍的工作，他们也能胜任……他们是什么都干得了的。你明白，鼓舞他们干劲的，不是你自己体验过的猥琐、虚荣、健忘之类的情绪，而是另一种有力得多的感情——这种感情使他们能够泰然地处身在枪林弹雨之下，面对着比常人多百倍的死亡危险，并且在无休止的劳动、睡眠不足和泥泞之中过活。人不可能为了一个十字勋章、一个头衔或者受到威胁而忍受如此可怕的生活条件，一定另有一种崇高的东西在鼓舞着他们。这就是俄罗斯人深藏在心里难得流露出来的感情——热爱祖国的感情。只有现在，塞瓦斯托波尔被围攻初期的故事——当时，那里没有工事，没有军队，没有保卫它的物质条件，但没有人怀疑它会向敌人屈服；当时，那位可以跟古希腊英雄媲美的柯尔尼洛夫，在检阅军队时说："弟兄们，我们宁可牺牲生命，决不放弃塞瓦斯托波尔！"而我们的不善言辞的俄罗斯人就回答："我们宁可牺牲生命！乌拉！"——对你才不再是美丽的历史传说，而是活生生的事实。通过刚才看见的人物，你可以清楚地认识到那些英雄，他们在艰苦的日子里决不垂头丧气，而是斗志昂扬，并且高高兴兴地准备献出自己的生命，不是为了一座城市，而是为了祖国。这部保卫塞瓦斯托波尔的史诗，将久远地在俄罗斯留下伟大的影响，而史诗中的英雄就是俄罗斯人民……

　　黄昏降临了。即将下山的夕阳，从蔽天的灰云后面豁露出来，一下子射出灿烂的红光，照亮了紫色的阴云，照亮了舰艇林立、波涛起伏的灰绿色海面，也照亮了城市的白色建筑物和街上熙来攘往的人们。团的乐队在林荫道上演奏古老的圆舞曲，它的旋律在水面上荡漾，跟棱堡上隆隆的炮声奇妙地融成一片。

　　　　　　一八五五年四月二十五日于塞瓦斯托波尔

暴风雪

一

晚上六点多钟，我喝过茶，从驿站出发，那个站名已经记不得了，只记得是在顿河哥萨克军区一带，离诺伏契尔卡斯克不远。当我用皮外套和车毯裹紧身子，跟阿廖沙并排坐上雪橇时，天色已经黑了。驿站外面似乎又暖和又宁静。虽然没有下雪，却看不见一颗星星。天空看上去非常低，同展开在我们面前的洁白的雪野一比，又显得非常黑。

刚经过几座黑魆魆的风磨——其中一座正在笨拙地转动它的巨翼——出了村庄，我就发现道路越来越难走，积雪越来越深。风更加猛烈地吹着我的左面身子，把马尾和鬃毛吹向一边，又把雪橇滑木和马蹄刨开的雪一个劲儿地吹了起来，抛得远远的。铃铛声听不见了，一股凛冽的寒气从袖口里灌进来直达脊背。我不由得想起驿站长的忠告：最好不要动身，免得通宵盲目赶路，冻死在路上。

　　"我们不会迷路吧？"我问车夫。但是，听不到回答，我就把问题提得更明白些："嗳，赶车的，我们到得了下一站吗？不会迷路吧？"

　　"那只有天知道，"他回答，没有回过头来，"瞧这刮地风好厉害，路一点儿也看不出来，哦，老天爷！"

　　"你倒说说，把我送到下一站，有没有希望？我们到得了吗？"我又问。

　　"总得赶到哇。"车夫回答。他又说了些什么，因为风大，我听不清楚。

　　我不愿意回去，可是在严寒的暴风雪中，在顿河哥萨克军区这片精光的草原上通夜瞎跑，实在太乏味了。再说，虽然在黑暗中看不清楚，不知怎的我不喜欢这个车夫，并且不信任他。他蜷缩起两腿坐在驭座正中，而不是坐在一侧。他的身材过分高大，他的声音懒洋洋的。头上那顶帽子不像是马车夫戴的——很大，前后左右摇摇晃晃。他吆喝马也不合规矩，两只手握着缰绳，就像个坐在驭座上权充车夫的跟班。不知怎的，我不信任他，主要是因为看到他耳朵上包着一块头巾。总之，我不喜欢这个直竖在我前面的微驼的背，觉得它不是什么好兆头。

"依我说，还是回去的好，"阿廖沙对我说，"瞎跑一阵有什么意思！"

"哦，老天爷！瞧，暴风雪刮得好厉害！路一点儿也看不出来，眼睛全被糊住了……哦，老天爷！"车夫嘀咕道。

我们走了不满一刻钟，车夫就勒住马，把缰绳交给阿廖沙，笨拙地从座位上伸出两腿去找路，大皮靴喀嚓喀嚓地踩着积雪。

"什么？你上哪儿去？迷路了？"我问道，可是车夫不理我。他转过脸去，避开刺眼的寒风，抛下雪橇走了。

"怎么样？找着了？"他一回来，我又问。

"什么也没找着！"他忽然又烦躁又懊恼地对我说，仿佛他迷路是我的过错。接着又慢条斯理地把那双巨大的腿伸进前座，用戴着冻硬的手套的手分开缰绳。

"我们怎么办呢？"我们重新上路时，我问。

"有什么办法！跑到哪里是哪里。"

于是我们依旧不急不缓地前进，一会儿顺着半尺厚的积雪，一会儿踏着咯咯响的冰凌。

天气虽然很冷，领子上的雪却融化得很快；刮地风吹得越来越猛，空中开始稀稀落落地下起干雪来。

显然，我们在盲目赶路。因为又走了一刻钟光景，连一个里程标都没看见。

"嗳，你看怎么样，我们到得了站吗？"我又问车夫。

"到哪个站？要是我们回去，只要让马自己跑，它们会把我们带到的。但要到下一站，那可就难了……我们只会把自己给毁了。"

"哦，那就回去吧，"我说，"确实是……"

"那么回去吗？"车夫又问了一遍。

"是，是，回去！"

车夫松了缰绳，马跑得更快了。虽然我没有发觉我们已掉过头，可是风向变了，不多一会儿通过飞舞的雪花，又看见那几座风磨。车夫打起精神，谈起话来。

"前不久有辆雪橇从下面一站回去，"他说，"在草堆里过了一夜，直到早晨才到。幸亏来到草堆里，要不然个个都得冻死——天冷得可厉害。但还是有个人冻坏了腿，整整三个礼拜神志不清。"

"这会儿天倒不冷，风雪也小一些了，"我说，"可以赶路吗？"

"暖和倒还暖和，可是在下大雪。现在回去，看来容易一些，就是雪下得厉害。如果这是辆私人雪橇，自己做得了主，那还可以赶路，但要是把乘客冻坏了，那可不是玩的。回头叫我怎么向您先生交代呢？"

二

这时候，我们背后传来了几辆三驾雪橇的铃铛声。它们很快就赶上了我们。

"这是特快雪橇的铃铛声，"我的车夫说，"这样的铃铛整个站里只有一个。"

果然，第一辆雪橇的铃铛声顺风传来，清晰可闻，特别悦耳：纯净，洪亮，低沉，稍微有点儿颤动。后来我才知道这是一种怪有趣的玩意儿：把三只铃系在一起，中间一只大铃声音特别甜美，旁边两只小铃组成三度音。这种三度音和颤动的五度音的和声荡漾在空中，扣人心弦，在这荒无人烟的原野里听来格外悦耳。

"邮政雪橇来了。"当三辆雪橇中的第一辆赶上我们时，我的车夫说，"路怎么样？走得过吗？"他大声问后面的车夫，可是那车夫只顾吆喝马，没有理会他。

邮政雪橇在我们旁边一过去，铃铛声就随风消逝了。

我的车夫大概感到有点儿不好意思。

"我们去吧，老爷！"他对我说，"人家刚过去，趁他们的辙印还新鲜，看得清楚。"

我同意了。我们又掉过头，逆着风，顺着很厚的积雪吃力地前进。我注视着道路一边，免得离开那几辆雪橇留下的辙印。大约走了两里路，辙印一直看得很清楚；后来只看得出滑木留下的一些淡淡的痕迹，再过一会儿，就怎么也看不出这是辙印，还是被风吹起的一层雪了。一直看着滑木下面的雪往后飞溅这种单调的景象，眼睛看花了，我就开始向前望。第三个里程标我们还看得见，第四个却怎么也没有找着。我们像原来一样行进，忽而逆风，忽而顺风，忽而往右，忽而往左。最后车夫说我们偏右了，我说偏左了，而阿廖沙却肯定地说我们在走回头路。我们又几次停下来，车夫伸出他那双大脚爬下雪橇去找路，但始终没有找着。有一次我也走下雪橇去看看，我隐隐约约感觉到一个地方可能是大路，可是我只勉强逆风走了五六步，就断定处处都是同样的积雪，道路只是我的幻觉罢了。这当儿我的雪橇却不见了。我叫喊起来："车夫！阿廖沙！！"可是我觉得，我的声音一出口就被风抓住，一转眼就给刮掉了。我走到原来停雪橇的地方，雪橇不在了。我往右走，那边也没有。于是我用尖锐响亮甚至有点儿绝望的声音又叫了一声："车夫！"这情景现在回想起来都还有点儿害臊。谁知道他离开我只有两步路。他那黑糊糊的身体，手里执着鞭子，头上的大帽子歪向一边，忽然直立在我面前。他把我领到雪橇那儿。

"总算老天爷保佑，天气还暖和，"他说，"要是遇到大冷天，那就糟了……哦，老天爷！"

"松下缰绳，让马把我们带回去吧，"我坐上雪橇说，"能带到吗？呃，车夫？"

"总能带到的。"

他抛下缰绳，在辕马的辕鞍上抽了三鞭子。我们又出发了。我们走了半小时光景。忽然前面又传来我那熟识的悦耳的铃铛声和另外两个铃铛声，但此刻声音是迎面而来的。这就是刚才那三辆雪橇，已经卸了邮件，换了马匹，正回到站里去。三匹高头大马拉着特快雪橇，发出悦耳的铃铛声，飞快地跑在前头。驭座上坐着一个车夫，威风凛凛地吆喝着。后面每辆雪橇上各有两个车夫，他们坐在空雪橇的中座上，兴致勃勃地大声说着话。其中一个抽着烟斗，被风吹旺的火星照亮了他的一部分脸。

瞧着他们，我对自己的害怕赶路觉得害臊。我那个车夫大概也有同样的感觉，因为我们不约而同地说："我们跟他们走！"

三

我的车夫没等最后一辆雪橇过去，就笨手笨脚把雪橇掉过头来，弄得车杠撞在人家几匹系住的马身上。那辆雪橇猛然往前一冲，绷断皮带，往一边驰去。

"瞧你这个斜眼鬼，没看见拐到哪儿去了：撞到人家身上来了。鬼东西！"一个个儿不高的车夫，用沙哑发抖的声音骂起来。从声音和身材上我能断定，这是坐在后面那辆雪橇上的小老头儿。他敏捷地从雪橇里蹿出来，跑去追马，继续粗声粗气地骂着我的车夫。

但是马并没有停止奔跑。那车夫跟在后面追，一会儿，马和车夫便消失在白茫茫的暴风雪里了。

"华西里——里！把黄马牵过来！不骑马赶不上！"传来他的声音。

一个个儿极高的车夫从雪橇里爬出来，默默地解开马，跨上其中的一匹，把积雪踩得嚓嚓发响，步子杂乱地跑着，也在那个方向消失了。

我们就同另外两辆雪橇跟住铃声叮当的特快雪橇，也不管有没有路，一个劲儿向前赶去。

"可不是！他能把它逮住的！"我的车夫说到那个跑去捉马的人，"要是离了群，那准是一匹野马，它要跑到哪儿去，

173

就再也回不来了。"

自从我的车夫跟在人家后面走之后，他似乎变得高兴起来，话也多了。我还不想睡觉，自然也不肯错过交谈的机会。我开始向他打听他从哪里来，怎么会来到这儿，原来是干什么的。不久我就知道他跟我是同乡，也是图拉人，是个农奴，家住基尔比奇村。他们家土地很少，自从霍乱流行那年起，田里简直没有收成。他们家剩下弟兄两人，老三当兵去了，粮食吃不到圣诞节就没有了，他们只得靠挣工钱过活。他的弟弟当家，因为结了婚，而他自己还是个鳏夫。他说，他们村子里的马车夫年年结伙到这儿来，他以前虽然没有赶过车，但还是当了驿站马车夫，好帮助帮助他弟弟。感谢上帝，他在这儿每年能挣一百二十卢布工钱，他把一百卢布寄回家去。自己在这儿本来也可以过得很好，"要不是那些信差简直都像畜生，这儿的老百姓又太会骂人。"

"哦，那个车夫骂什么呀？老天爷？难道我是故意撞坏他的马吗？难道我是存心跟人家捣蛋吗？何必去追那些马呢！它们自己会回来的。这样只会把马累坏，自己也要完蛋。"这个敬畏上帝的庄稼汉说。

"这黑压压的是什么？"我发现前面有一样黑色的东西，问。

"这是车队。这种旅行可有趣啦！"当我们的雪橇驶到一辆接着一辆、盖着蒲席的巨大货车旁边时，他又说，"瞧，一个人也看不见，全都在睡觉。聪明的马很懂事，你没有办法使它迷路的。这行当我们也干过，所以知道。"

真的，这些从蒲席顶到车轮都盖满雪的巨大货车孤零零地在行进，看上去确实怪有意思。只有前头那辆车，当我们的铃铛在它旁边响起的时候，盖着两指厚积雪的蒲席才稍微往上掀了掀，有一顶帽子从那儿露了一露。那匹高大的花马伸长脖子，挺直脊背，在积雪很厚的路上均匀地迈着步子，单调地摇晃着它那在白色轭下的毛茸茸脑袋。当我们走到它旁边时，它警惕地竖起一只盖着雪的耳朵来。

　　我们又默默地走了半小时光景，我的车夫又跟我谈起话来了。

　　"哦，老爷，您看怎么样，我们走得对吗？"

　　"我不知道。"我回答。

　　"原先风是从那边吹来的，现在我们可是顶着风走了。不，我们走得不对，我们也迷路了。"他十分镇静地肯定说。

　　看来，他虽然胆怯，但正像俗话说的那样，"人多死也乐。"自从我们人数增加，他不必为雪橇的去向做主和负责之后，就变得十分镇静了。他冷冷地观察着前头那个车夫的错误，仿佛这事跟他毫不相干。真的，我发现前头那辆雪橇忽左忽右，我甚至觉得我们是在一块极小的地方兜圈子。不过，这可能是幻觉在骗人，正像我有时仿佛觉得前头那辆雪橇忽而上山，忽而下坡，忽而下山，其实草原到处都很平坦。

　　又走了一会儿，我看见遥远的地平线那儿似乎有一条黑带子在移动。过了一分钟，我就明白了，这就是我们刚才赶上的那个车队。雪依旧那么撒在吱嘎作响的车轮上（其中有几个甚至已经不转动了）；车上的人依旧全睡在蒲席下面；那匹带头的花马依旧鼓起鼻孔，嗅着道路，竖起耳朵。

"瞧，转来转去又转到那车队旁边来了！"我的车夫不高兴地说，"特快雪橇的马都是好马，所以他们这样拼命赶，满不在乎。要是换了我们的马，通夜这么赶路，都会倒下的。"

他咳清了喉咙。

"老爷，让我们避开这场灾难吧！"

"这怎么成？总到得了什么地方的。"

"到得了哪儿啊？我们得在草原上过夜了。风雪多厉害呀……哦，老天爷！"

前头那个车夫显然已经迷失了道路和方向，找不到路，他却快活地呼喊着，继续飞快地赶路。这情景使我感到惊奇，但我不愿意再落在他们的后头。

"跟着他们走！"我说。

车夫服从了，但赶得比原来更不带劲，而且不愿意再跟我谈话了。

四

暴风雪越来越猛烈，空中飞着干燥的雪花，天开始上冻，鼻子和面颊冻得更厉害了，凛冽的冷空气更加频繁地灌进皮外套里，需要把衣服裹得更紧些。雪橇有时在光溜溜的冰面上沙沙滑过，因为地上的雪都被风刮走了。由于不宿夜而连续走了五百多里路，我虽然很为迷路的结局担心，还是不由自主地闭上眼睛，打起瞌睡来。一次，我睁开眼睛，不觉吃了一惊。开头一刹那，我仿佛觉得有一种强烈的光照耀着雪白的原野：地平线大大开阔了，又低又黑的天幕忽然消失，四面八方只看见落雪形成的一条条白色斜线；前面几辆雪橇的轮廓显得更清楚了。我抬头望望天空，开头一刹那觉得乌云仿佛飞散了，只有飞雪遮住了天空。在我瞌睡的时候，月亮升起来了，并且透过稀疏的乌云和飞雪，投下寒冷而明亮的光辉。我看得清清楚楚的是我的雪橇、马匹、车夫和走在前头的三辆驿橇：第一辆是特快雪橇，驭座上依旧坐着一个车夫，急急地赶着马；第二辆雪橇上坐着两个车夫，他们丢下缰绳，用厚呢上衣挡住风，不停地抽着烟斗——这从那闪亮的火星上看得出来；第三辆雪橇上一个人也看不见，车夫大概在中座里睡着了。不过，当我醒来的时候，带头的车夫也偶尔勒住马，找寻着道路。我们一停下来，风的怒号声就显得更响，空中多得惊人的飞雪也看得更清楚了。在漫天飞雪的月光下，我看见手拿鞭子的身材矮小的马车夫。他用鞭子柄探着前面的雪，在朦胧的雪雾中忽前忽后走动着，接着又走到雪橇旁边，从侧面跳上前座。于是，在狂风单调的呼啸声中，重新传出了嘹亮的叱马声和铃铛声。每当这带头的车夫爬下来，找寻道路或者草堆时，从第二辆雪橇里总听到有个车夫口气坚决地对前头的车夫嚷道："听我说，伊格纳特！偏左了，得往右点儿，顶风走！"或者说，"你白白地转来转去干什么？在雪地上走就是了。瞧那个雪积得多厚啊，找得到路的。"或者说，"往右，往右走，老弟！瞧，有一样黑魆魆的东西，准是个路标。"或者说，"你犹豫什么呀？犹豫什么呀？把花马解下来，让它领头，它会把你带到路上去的。这样更可靠！"

然而，出主意的那人，自己不仅不把花马解下来，也不到雪地上去找路，连鼻子都不从厚呢上衣里往外伸一伸。当带头的伊格纳特有一次听了他的劝告，大声嚷着说，既然你认得路，就请你带头。那个好出主意的人回答说，等轮到他赶特快雪橇，他就会带路，并且准能找到路。

　　"我们的马是不会带路的，"他嚷道，"不是那种马！"

　　"那就别来打搅人！"伊格纳特快乐地向马挥着鞭子，回答说。

　　另一个车夫，跟那个好出主意的人坐在同一辆雪橇里，没对伊格纳特说什么，也不介入这件事，虽然他还没有睡觉。这一层，我是从他那只不灭的烟斗以及我们停下时听见的他那娓娓的絮语声断定的。他在讲故事。只有一次，当伊格纳特不知是第六次还是第七次停下来时，他显然因为旅行的乐趣被破坏而有点儿恼火，就对伊格纳特嚷道："干吗又停下来？瞧，他还想找到路！对你说，在刮暴风雪嘛！这会儿就是土地测量员也找不着路了。趁马还拖得动，快走吧！要不然咱们会冻死的……走吧，喂！"

　　"可不是！去年就有一个邮差差点儿冻死！"我的车夫附和说。

　　第三辆雪橇的车夫始终没有醒。只有一次停车的时候，那个好出主意的人对他嚷道："菲利浦！喂，菲利浦！"听不到答应，又说，"莫不是冻死了？伊格纳特，你最好去瞧瞧。"

　　从容不迫的伊格纳特走到雪橇旁边，推推睡着的人。

　　"瞧，半瓶白酒就把他灌醉了！还说他冻死了呢！"他一边摇他，一边说。

睡着的人嘟囔着什么，骂了一声。

"他活着呢，弟兄们！"伊格纳特说着，又跑到前面。我们又上路了，而且赶得那么快，使我那匹拉边套的小红马尾巴上不断挨鞭子，时而被迫蹦跳几下，笨拙地奔驰起来。

<h1 style="text-align:center">五</h1>

跑去追赶惊马的小老头儿和华西里回来时，大概已近午夜了。他们逮住马，找到并赶上了我们，但在这漆黑一片的暴风雪中，在这精光的草原上，这一切他们是怎样做到的，我永远无法知道。小老头儿摆动两肘和两腿，骑着辕马小跑（另外两匹马系在颈圈上：在暴风雪中是不能把马丢下的）。他一跑到我跟前，就又骂起我的车夫来："瞧你这个斜眼鬼！真是的……"

"嗳，米特里奇大叔！"第二辆雪橇上那个讲故事的人嚷道，"你还活着吗？上我们的雪橇来吧！"

但老头儿不理他，继续咒骂。直到他觉得骂够了，才跑到第二辆雪橇旁边。

"全都逮住啦？"雪橇里有人问他。

"当然啰！"

那小个儿老头儿在小跑中用胸膛压住马背，然后跳到雪地上，一刻不停地跟着雪橇奔跑，又一个筋斗翻进雪橇里，两条腿朝天搁在边上。高个子华西里依旧默默地跟伊格纳特坐在前面的雪橇上，开始同他一起找路。

"瞧这个家伙好会骂人……哦，老天爷！"我的车夫嘀咕道。

随后我们顺着白雪皑皑的荒野，在暴风雪的寒冷、朦胧而闪烁的微光中不停地跑了好一阵。我睁开眼睛一看，前面依旧竖着那个积满雪的难看的帽子和脊背，依旧是那个低矮的车轭，车轭之下，在两条拉紧的皮带中间，辕马的脑袋不断摇晃，并且跟我保持一定的距离，辕马的黑色鬃毛被风均匀地吹得倒向一边。从背后望去，右边依旧是那匹尾巴缚得很短的枣红骖马，以及那同样松散的积雪。风执拗地把一切都往一个方向吹。前面跑着带头的两辆雪橇，始终保持一定的距离。右边，左边，到处都是白茫茫、灰乎乎的。我的眼睛想找到一样新鲜的东西，但是找不到。没有一个路标，没有一堆干草，没有一堵篱笆，什么也看不见。到处是白茫茫的一片，而且变幻莫测：一会儿，地平线似乎无比遥远，一会儿，又似乎近在咫尺；一会儿，右边突然矗立起一道白色的高墙，并且跟着雪橇奔跑，一会儿，那墙突然消失，接着又出现在前面，不停地往后退，然后再次消失。往上望去，最初一刹那似乎很亮，仿佛通过迷雾可以看见星星，可是星星越来越高，所看见的就只有从眼睛旁边落到脸上和大衣领子上的雪花。天空处处同样光亮，同样单调，白茫茫，并且经常在变化。风似乎不停地在改变方向：一会儿，迎面吹来，吹得雪花糊住眼睛；一会儿，从旁边讨厌地把大衣领子翻到头上，嘲弄地拿它抚摩着我的脸；一会儿，又从后面通过什么隙缝呼呼地吹着。但听得雪橇滑木和马蹄不停地在雪地上发出微弱的沙沙声，以及我们走在积雪较深的地方时，铃铛逐渐低沉的响声。只有当我们偶尔逆风和走在光滑的冰地上时，才清晰地听见伊格纳特雄赳赳的呼哨声和他那响亮的铃铛声，以及与之呼应的小铃铛的五度音。这些声音忽然生气勃勃地打破了荒野的阴郁气氛，然后又单调地响着。我不禁觉得这似乎是在奏着一种令人难受的千篇一律的调子。我的一只脚开始冻僵了，而当我翻身想把身子裹得严密一些时，落在领子上和帽子上的雪就从脖子里滑进来，使我冷得发抖。但总的说来，我在盖紧的皮大衣里还是暖和的。我又打起瞌睡来。

六

回忆和幻想在我的头脑中越来越迅速地交织在一起。

我想："那个老是从第二辆雪橇里叫嚷的好出主意的人是个什么样的庄稼汉呢？准是个身子结实、两腿短小的红头发的家伙，就像我们家里的老管家费陀尔·斐里佩奇那样。"于是我就看见我家巨大住宅的楼梯，看见五个农奴正在用几条大毛巾吃力地把一架钢琴从厢房里搬出来；我还看见费陀尔·斐里佩奇卷起粗布上衣的袖子，手里拿着一个钢琴踏板，跑在前头，拉开门闩，扯住一条毛巾往里推，又在人家的腿缝中间钻来钻去，妨碍所有的人，并且焦急地嚷个不停："身子靠拢些抬，你们前头的两个，前头的两个！嗳，对了，后面的抬高些，高些，高些，抬进门里去！就是这样。"

"您别费心了，费陀尔·斐里佩奇！我们自己来。"花匠怯生生地说，身子贴住栏杆，脸涨得通红，拼足力气抬住钢琴的一角。

181

但费陀尔·斐里佩奇不肯罢休。

"这是怎么一回事？"我心里琢磨着，"他这是自以为干这活儿需要他呢，还是仅仅因为上帝赋予他这种信心十足的雄辩口才而自鸣得意，兴致勃勃地在尽情发挥呢？看来，大概是后面这个缘故吧。"不知怎的我又看见池塘，看见在没膝深的水中拉网的疲劳的农奴们，而费陀尔·斐里佩奇手里拿着喷壶，对大家呼喊着，在池塘边上跑来跑去，只偶尔走到水边，用一只手捉住金色的鲫鱼，把喷壶里的浑水倒掉，再加一些清水进去。哦，这是七月的一个中午。我沿着草地刚修整过的花园，在火辣辣的阳光照耀下，往一个地方走去。我还很年轻，我觉得缺少什么东西，很想去把它弄到手。我走到池塘边，走到玫瑰花坛和桦树小径之间的心爱地方，躺下来睡觉。我记得当我躺在地上，从野玫瑰的红色带刺枝条缝中观望松碎的黑土和清澈的波平如镜的蓝色池塘时，心里充满着什么样的感情。这是一种天真的扬扬自得而又带些忧郁的感情。周围的一切都那么美，使我深深感动。我觉得自己也很美好，唯一使我感到懊丧的是，没有一个人欣赏我。天气很热。我想睡一觉解解闷，可是苍蝇，讨厌的苍蝇，在这里也不让我安宁。它们在我的周围飞来飞去，并且执拗地像果子核一样沉重地从我的前额跳到手上。蜜蜂在太阳底下飞舞，在我身旁嘤嘤嗡嗡地响着；黄翅膀的蝴蝶懒洋洋地从这棵草飞到那棵草。我往上望望，眼睛感到刺痛——阳光穿过桦树弯曲的浅色枝叶照射下来，亮得耀眼，而桦树的枝叶就在我头上微微摆动——这样就使人觉得更热了。我用手帕盖住脸；我开始觉得气闷，同时苍蝇仿佛粘满了我那双出汗的手。麻雀在野玫瑰丛中跳来跳去，其中一只跳跃到离我两尺远的地上，两次假装用力啄着地面，并且快乐地吱吱叫着，从花丛中飞走，弄得枝叶沙沙作响。另一只也跳到地上，翘翘尾巴，回头望望，也吱吱叫着，跟着那一只箭也似的飞掉了。池塘里传来一阵阵捣衣声。这些声音仿佛是低低地从水面上扩散开来的。还听见洗澡人的笑语声和溅水声。一阵风吹得远处的桦树梢飒飒发响，接着近一些，吹动青草，吹得野玫瑰的叶子也摇摆起来，贴近枝条。然后，一阵清风吹动手帕的一角，痒痒地抚弄着我那出汗的脸。一只苍蝇从扬起的手帕缝里飞进来，惊慌地在我潮湿的嘴巴旁边乱撞。我的脊背压着一条枯树枝。不，我不能再躺下去了，不如去洗个澡吧。就在这当儿，我听见花丛旁边有急促的脚步声和女人受惊的声音："哦，老天爷！这是怎么搞的！这儿连一个男人也没有！"

"什么事？什么事？"我跑到阳光底下，问那个尖声叫喊着从我旁边跑过的女农奴。她只回头望望，仍旧摆动两臂，向前跑去。接着就看见那个一百零五岁的老婆子玛特廖娜，一只手按住从头上滑下来的头巾，拖着一只穿毛袜的脚，踉踉跄跄地向池塘那边跑去。有两个女孩子手拉手跑过去；一个十岁的男孩子，穿着父亲的上衣，拉住其中一个女孩儿的麻布裙子，跟着她们跑去。

"出什么事啦？"我问她们。

"有个庄稼汉淹死了。"

"在哪儿？"

"在池塘里。"

"是哪一个呀？我们家的吗？"

"不，是个过路的。"

车夫伊凡穿着一双大皮靴，踩着刚割过草的草地；胖子账房雅可夫吃力地喘着气。他们一起向池塘跑去。我就跟在他们后面往那里跑。

我记得内心有一种冲动："喂，跳下去，把庄稼汉拉起来，把他救出来，大家都会称赞你的！"我当时很想这么做。

"在哪儿啊？在哪儿啊？"我问聚集在池塘边的一群农奴。

"喏，在那边，在靠近对岸水最深的地方，就在澡房那边。"洗衣妇把湿衣服挂在扁担上说，"我看见他钻到水里，接着露了一露又沉下去，又露了出来，叫道：'救命啊，我要淹死了！'然后又往下沉，只看见冒着水泡。这当儿我看庄稼汉要淹死了，就拼命喊：'来人哪，有个庄稼汉要淹死了！'"

洗衣妇说着把扁担往肩上一搁，摇摇晃晃地顺着小径，离开池塘走了。

"瞧吧，造了什么孽啦！"账房雅可夫·伊凡诺夫绝望地说，"如今县法院够你跑的啦。"

有个庄稼汉手拿镰刀，从站在池塘边的女人、孩子和老人当中挤出来，把镰刀往柳树上一挂，慢吞吞地脱下靴子。

"他到底是在哪儿沉下去的？"我不断地问，很想跳下水去，干出一件不平凡的事来。

但是，他们只给我指指平滑如镜的池水，水面只偶尔被微风吹起一阵涟漪。我不明白他是怎么掉下水的，池水始终是那么光滑、美丽、宁静，在中午的阳光下闪着金光。我觉得我毫无办法，没法儿引起别人的注意，再说我的水性也很差。那个庄稼汉已经从头上脱掉衬衫，眼看就要跳下水去了。大家都满怀希望，屏住呼吸瞧着他，可是庄稼汉走到水深齐肩的地方，又慢吞吞地走回来，穿上衬衫：他不会游水。

老百姓还是络绎不绝地跑来，人越来越多了，娘儿们紧挨在一起，可是没有一个人动手抢救。那些刚来的人出着各种主意，叹着气，脸上现出恐惧和绝望的神色。那些原先聚集着的人，有些站累了，就在草地上坐下来，有些走回去了。玛特廖娜老婆子问女儿炉门有没有关上。那个穿父亲上衣的男孩子使劲把石子扔到水里。

费陀尔·斐里佩奇的狗特列索卡从房子里跑出来，一边叫，一边困惑地回头望望，跑下山来。接着，费陀尔·斐里佩奇自己也一边嚷，一边跑下山来。他的身子在野玫瑰丛后面出现了。

"你们还站着干什么？"他嘴里骂着，一边跑，一边脱上衣，"人家要淹死了，可你们还站着不动！拿条绳子来！"

大家都怀着希望和恐惧看着费陀尔·斐里佩奇，看他怎样一只手按住一个老实的农奴的肩膀，用左脚尖脱下右脚上的靴子。

"喏，那边，有人站着的地方，在柳树右边，费陀尔·斐里佩奇，喏，就在那边。"有人对他说。

"我知道！"他回答，皱起眉头——一定是看到妇女中有人露出害臊的样子——脱去衬衫，解下十字架，交给那个顺从地站在他面前的花匠的孩子，精神抖擞地踩着割过的草地，向池塘走去。

特列索卡弄不懂为什么主人的动作这样敏捷，站在人群旁边，咂着嘴，吃了池塘边的几根草，怀疑地望着主人，忽然快乐地尖叫一声，跟着主人跳到水里。开头一刹那什么也看不见，只看见溅起的水沫直飞到我们身上，随后费陀尔·斐里佩奇姿势优美地摆动双臂，雪白的脊背有节奏地一起一伏，迅速地向对岸游去。特列索卡吃了几口水，慌忙回来，在人群旁边抖去身上的水，又在池塘边上擦着脊背。费陀尔·斐里佩奇一游近对岸，两个车夫就拿着一张卷在杆子上的大鱼网，向柳树那边跑去。费陀尔·斐里佩奇不知怎的举起双手，一次、两次、三次钻到水里，每次都从嘴里吐出一大口水来，洒脱地抖抖头发，并不回答四面八方向他提出的问题。最后他爬上河岸，我只看见他在吩咐怎样把渔网放下去。网拉起来了，可是，除了水草和几条鲜蹦活跳的小鲫鱼之外，网里什么也没有。当渔网第二次放到水里去的时候，我就往对岸跑去。

但听得费陀尔·斐里佩奇发号施令的声音、湿绳子的拍水声和恐惧的叹息声。渔网右边的湿绳子缠上的草越来越多，渐渐地从水里露出来。

"有样东西呢，沉得很，弟兄们！"有一个人说。

于是，渔网拖上来了，弄湿和压住地上的青草。网里有两三条鲫鱼在挣扎。哦，在张开的网里，通过一层搅浑的波动的水，看得见一样白色的东西。在死一般的寂静中，人群里发出一阵虽不很响却异常清晰的叹息声。

"大家一起拉，拉到干燥的地方！"传来费陀尔·斐里佩奇果断的声音。淹死的人就从刚割过的牛蒡和飞廉上被拖到柳树底下。

我看见我那个穿丝绸衣服的善良的老姑妈,我看见她那顶有穗子的紫色阳伞(这顶伞看上去跟这幅十分朴素的死亡的图画不知怎的极不协调)和她那张马上就要放声痛哭的脸。我记得这张脸上露出用山金车素也治不好的绝望神色。我记得当时她带着单纯的自私的爱对我说:"走吧,我的朋友。唉,多么可怕呀!可你总喜欢一个人洗澡、游水。"听了她这话,我感到痛苦和悲伤。

我记得:那天太阳耀眼而炽烈地烤着脚下干燥松散的泥土,阳光在波平如镜的池面上闪耀;大鲤鱼在池边跳跃;成群的小鱼在池塘中激起涟漪;一只鹞子高高地在一群小鸭子头上盘旋,而那些小鸭子正嘎嘎地叫着,溅着水,穿过芦苇向池塘中央游去;雷雨前的蓬松的白云聚集在地平线上;被渔网拖起来的泥浆渐渐流失;而当我走过堤岸时,我又听见捣衣声在池塘上扩散开来。

但这个捣衣声仿佛是两条大槌同时发出的三度音。这声音使我痛苦,使我烦恼,尤其是因为我知道这槌其实是钟,而费陀尔·斐里佩奇又不让它停下来。这槌声像刑具一般压着我那只冻僵的脚。我睡着了。

我醒了过来,多半是由于我们的雪橇跑得太快了。还有,我的旁边有两个人在说话。

"喂,伊格纳特,伊格纳特!"我的车夫说,"把我的客人带上,你反正要去的,何必叫我多跑一趟呢!带上吧!"

伊格纳特就在我的身边回答："叫我负责一位客人，你给我什么好处哇？你出一瓶白酒吗？"

"哼，一瓶白酒……就算半瓶吧。"

"瞧，半瓶！"另一个声音嚷道，"为了半瓶白酒把马折磨死！"

我睁开眼睛。眼前依旧是一片令人难受的漫天飞舞的雪花，依旧是那几个车夫和马匹，但我看见旁边还有一辆雪橇。我的车夫赶上伊格纳特。我们并排走了好一阵。尽管另外一辆雪橇里有人劝伊格纳特至少要一瓶白酒的代价，伊格纳特却突然停下雪橇。

"那就搬过来吧，算你走运。明天一到，你就拿半瓶酒来。行李多吗？"

我的车夫异常敏捷地跳到雪地上，向我鞠了个躬，请求我换乘伊格纳特的雪橇。我一口答应。这个敬畏上帝的庄稼汉显然高兴极了，他要向人人表示他的感激和快乐。他行着礼，并且向我、向阿廖沙、向伊格纳特道谢。

"哦，赞美上帝！要不然简直太糟糕了！走了半夜，自己也不知道在往哪儿走。老爷，他会把您送到的，我那几匹马实在累坏了。"

他十分起劲地把我的行李卸下。

趁他搬行李的时候，我顺风（简直是风把我送过去的）走到第二辆雪橇旁边。雪橇上盖着半尺厚的雪。那两个车夫用上衣遮住头部来挡风的那一边，雪积得特别厚，而上衣底下倒是又安静又舒服。小老头儿依旧伸出腿躺着。那个讲故事的人继续讲他的故事："喏，就在将军以国王的名义到监狱里探望玛丽雅的时候，喏，就在那个时候，玛丽雅对他说：'将军！我不需要你，我也不能爱你。要知道你不是我的情人，我的情人就是王子本人……'喏，就在那个时候……"他正想讲下去，可是一看见我，便住了口，把烟斗抽旺。

"哦，老爷，您来听故事吗？"那个被我称为好出主意的人说。

"你们这儿很好，很快活！"我说。

"可不是！解解闷儿，至少不会胡思乱想了。"

"那么，你们知道我们眼下在什么地方吗？"

我发觉车夫们似乎不喜欢提起这个问题。

"谁弄得清在什么地方！也许我们已经闯到卡尔梅克人的地方了。"好出主意的人回答。

"那我们该怎么办？"我问。

"怎么办吗？我们就这样走下去，也许能走出去的。"他不高兴地说。

"要是我们走不出去，马在雪地里又走不动，那怎么办？"

"那有什么！没关系。"

"那会冻死的。"

"当然会的，因为这会儿连草垛都看不见，我们真的闯到卡尔梅克人的地方了。最要紧的是要注意这场雪。"

"老爷，你是不是怕冻死啊？"小老头儿颤声说。

他这话虽然像是在嘲笑我，其实他自己也冷得直打哆嗦。

"是啊，天冷得可厉害！"我说。

"哦，老爷！你要像我这样不时下来跑跑，就会暖和了。"

"是的，最要紧的是你得跟着雪橇跑跑。"好出主意的人说。

七

"您请过来吧，准备好了！"阿廖沙从前面那辆雪橇里大声对我说。

暴风雪刮得那么厉害，我低低地弯下腰，两手抓住外套的前襟，在那从脚底下被风吹起来的漫天飞舞的雪花中，好不容易走了几步，才走到那辆雪橇跟前。我原来的车夫已经跪在空雪橇中间，但一看见我，就脱下头上的大帽子（这时风就狂暴地把他的头发吹得直竖起来），向我讨酒钱。其实他也不指望我会给他钱，因为我拒绝他的时候，他一点儿也不懊丧。他还是向我道了谢，戴上帽子，对我说："老天爷保佑你，老爷……"于是，拉拉缰绳，嘴里喷了一声，从我们身边走掉了。接着，伊格纳特挺起腰杆，对马吆喝了一声。嗒嗒的马蹄声、叱马声和铃铛声又代替了狂风的咆哮——在雪橇停下来的时候，风声特别响。

换了一辆雪橇之后，我有一刻钟光景没有睡觉，一直欣赏着那个新车夫和马匹。伊格纳特神气活现地坐着，身子不断地向上弹，向马匹挥动挂着鞭子的手臂，吆喝着，一只脚撞撞另一只脚，向前弯下腰，拉好老是往右边滑的辕马的皮颈套。他个儿不高，但看上去身材很匀称。他的皮袄外面套着一件不束腰的粗呢外套。外套的领子差不多完全敞开，整个脖子都露在外面。他脚上穿的不是毡靴而是皮靴。头上那顶小帽子他不时脱下来，拉拉整齐再戴上。他的耳朵只有头发遮着。他不仅一举一动都显出精力充沛的样子，而且我觉得他还有意在抖擞精神。不过，我们越往前走，他越发频繁地挺直身子，在座位上弹起，两脚相撞，还同我和阿廖沙说话。我觉得他这样做是怕泄气。这倒不是没有原因的：马虽然很好，路却越来越难走，而且马显然跑得越来越没劲，已经要用鞭子抽打了。辕马，一匹高大骏美、鬃毛很长的马，绊了两跤，显然像是吃了一惊似的立刻向前猛冲，并且把毛茸茸的头昂得几乎碰到车铃。右边那匹马不由得吸引了我的注意，它的皮颈套的皮穗子很长，晃荡着，向外摆动，显然它放松了挽索，因此要挨鞭子。不过，按照一般烈性骏马的习惯，它似乎对自己的软弱感到恼恨，怒气冲冲地忽而垂下头忽而昂起头去适应缰绳。风雪确实越来越厉害，天气越来越冷，马的力气用完了，路越来越难走，而我们压根儿不知道处身在什么地方，该往哪儿走，不仅不知道驿站在什么地方，连哪里可以躲避一下都不知道。看到这情景真是可怕。不过，听到铃铛响得那么轻松愉快，伊格纳特吆喝得那么豪放有劲，就像是在寒冬腊月阳光灿烂的节日中午，我们乘着雪橇在村道上游逛，使人觉得又可笑又古怪。但主要的是，我们一直在往前走，而且走得很快，离开原来的地方盲目地走着，这种情景想想也觉得有点儿古怪。伊格纳特唱起歌来。他虽然用一种极蹩脚的假声唱着，但唱得那么嘹亮，有时还停下来吹吹口哨，使人听了精神振奋，觉得胆怯是可笑的。

"嘿，嘿！你唱破喉咙干什么呀，伊格纳特！"传来了那个好出主意的人的声音，"歇一会儿！"

"啥呀？"

"歇——一会——儿！"

伊格纳特不唱了。一切又都沉寂下来，只有风在咆哮和尖叫，雪在飞舞，更稠密地落到雪橇里，好出主意的人走到我们跟前。

"喂，怎么样？"

"怎么样！往哪儿走啊？"

"谁知道它！"

"你的脚冻坏了，是吗？瞧你这样跺个不停！"

"完全冻僵了。"

"你往那儿走一趟吧，瞧，那边像是卡尔梅克人的营帐。你走一趟脚也会暖和了。"

"好吧。拉住马匹……喏。"

伊格纳特按照指出的方向跑去。

"不论哪儿都应该跑过去瞧瞧，这样你就找得着路了，要不然胡乱瞎跑有什么意思！"好出主意的人对我说，"瞧，马都跑得浑身出汗了！"

在伊格纳特去找路的时候——他去了好一阵，弄得我真担心他迷了路——好出主意的人用蛮有把握的镇定口气告诉我，遇到暴风雪该怎么办，最好是解下马，让它自由行动，老天爷保佑，它会带你找到路的，有时候也可以观察星星，辨别方向。他还说，要是让他带路，我们早就到达驿站了。

"怎么样，有吗？"当伊格纳特踩着深可没膝的积雪吃力地回来时，他问伊格纳特说。

"有是有的，营帐看到了，"伊格纳特气喘吁吁地回答，"就是不知道是什么人的。老弟，咱们这下子可来到普罗果夫的别墅了。得往左走。"

"胡说八道！这是我们的营帐，在哥萨克村子后面的！"好出主意的人反驳说。

"我对你说，不是！"

"我一看就知道了，确实是的；如果不是，那就是塔梅舍夫斯科。还是得往右走，这样走可以到达大桥——在八号里程标那儿。"

"对你说不是！我亲眼看见的！"伊格纳特恼火地回答。

"嘿，老兄！还算是个车夫呢！"

"当然是个车夫！你自己去瞧瞧。"

"我去干什么！我不去也知道。"

伊格纳特显然生气了。他没再说什么，跳上驭座继续赶路。

"可把我的腿冻坏了，怎么也弄不暖和。"他对阿廖沙说，继续更加频繁地用两脚相撞，并且挖出和倒掉落进靴筒里的雪。

我实在困极了。

八

"难道我真的已经冻死了，"我睡眼惺忪地想，"据说，人总是在睡觉的时候冻死的。与其冻死，不如淹死，让人家用渔网把我捞起来。不过，淹死也罢，冻死也罢，反正一个样，只要背上没有什么硬东西顶住，能打个瞌睡就好了。”

我迷迷糊糊地睡了一会儿。

"这一切到底怎样收场啊？"我忽然自问，刹那间睁开眼睛，凝视着白茫茫的天地。"到底怎样收场啊？要是我们找不着草垛，马又不肯走——眼看着就会发生这样的情况——那我们就会全冻死的。"说实话，虽然我也有点儿害怕，可是希望发生什么不平凡的悲剧性事件的念头，压倒了轻微的恐惧。我觉得明天天亮以前马能自动把我们——冻得半死的，有几个甚至已经冻死了——带到一个遥远的陌生的村庄，那就算不错了。类似的幻想异常鲜明而迅速地在我眼前掠过。马站住不走了，雪越积越厚，我们只能看见马的耳朵和马轭。突然伊格纳特乘着他的三驾雪橇在高处出现，又从我们旁边驶过。我们恳求他，向他呼喊，要他把我们带走，可是风把我们的喊声吹走，喊声听不见了。伊格纳特笑着，叱着马，吹着口哨，消失在一个积雪的山谷里。小老头儿骑在马上，挥动两肘，想往前跑，可是一步也跑不动。我那个年老的马车夫，头上戴着大帽子，向他冲去，把他拉到地上，拼命把他往雪里踩。"你这个巫师，"他喝道，"你这个好骂街的家伙！咱们一起都要完蛋了。"但小老头儿用头顶开雪堆：他不像个老头子，倒像只兔子，从我们身边跑掉了。所有的狗都跑去追他。好出主意的人——就是费陀尔·斐里佩奇——说，我们大家来坐成一个圆圈，即使雪把我们盖住也不要紧，这样会暖和一点儿。真的，我们觉得温暖而舒服，只是口渴得要命。我拿出食品箱，请大家喝加糖的朗姆酒，自己也痛快地喝起来。那个爱讲故事的人讲着彩虹的故事，讲得我们头上仿佛真的出现了一片用白雪和彩虹塑成的天花板。"现在让咱们每个人在雪里做个小屋子，大家睡觉吧！"我说。雪像毛皮一样柔软而温暖。我给自己做了一座小屋子，正要进去，可是费陀尔·斐里佩奇刚才看见我的食品箱里有钱，就说："慢着！把钱给我们。您反正要死的！"他说着抱住我的一条腿。我交出钱，只求他们让我走，可是他们不信我的钱只有这么一些，他们想杀死我。我抓住小老头儿的手，带着说不出的愉快心情吻它；他的手又温柔又可爱。开头他竭力想挣脱，后来却任凭我吻它，甚至还用另一只手抚摩我。但是费陀尔·斐里佩奇走拢来威胁我。我跑进我的屋子里，但这不是屋子，而是一个白色的长廊。有人抓住我的两腿，我拼命挣扎。那个抓住我的人的手里就只剩下我的衣服和我的一块皮了，我却只感到寒冷和羞耻，特别使我害羞的是，我的姑妈手拿阳伞和急救包，同那个淹死的人手挽手向我迎面走来。他们笑着，不明白我对他们做的手势。我跳上雪橇，我的脚在雪地上拖着，可是小老头儿挥动两肘，拼命追我。小老头儿已经很近了。这时我忽然听见前面教堂里有两个钟在敲响。我跑近教堂，我知道得救了。钟声越来越近，可是小老头儿追上了我，扑过来用肚子压住我的脸，弄得我几乎听不见钟声。我又抓住他的手吻它，可是原来他不是小老头儿，而是那个淹死的人……他叫道："伊格纳特，站住！那不就是阿赫梅特金的草垛吗？你去看看！"这梦境实在太可怕了。不，我还是醒来的好……

我睁开眼睛。风把阿廖沙外套的前襟吹起来，蒙住我的脸，我露出一个膝盖。我们正在光滑的冰面上前进。铃铛的三度音夹着颤动的五度音听得清清楚楚。

我想瞧瞧草垛在什么地方。我睁开眼睛，没有看到草垛，却看到一座带阳台的房子和带雉堞的要塞的城墙。我没有兴致仔细观察这座房子和要塞，我主要想再看看我跑过的白色走廊，听听教堂的钟声，吻吻小老头儿的手。我又闭上眼睛睡着了。

九

我睡得很熟，但在梦中一直听见铃铛的三度音，那三度音忽而变成一条狗，汪汪叫着向我扑来；忽而变成一个管乐队，我在其中吹笛子；忽而变成我作的一首法文诗。有时我觉得这三度音是一种刑具，不断地夹住我的右脚踵。我感到很痛，醒过来，睁开眼睛，摩擦摩擦脚，脚冻僵了。夜晚还是那么光亮，雾蒙蒙，白茫茫的。我和雪橇还是那么摇摇晃晃；还是那个伊格纳特侧身坐在驭座上，两脚互相碰着撞着；还是那匹骖马，伸长脖子，低低地提起四脚，在积雪很深的地上小跑着，皮穗子在皮颈套上不断跳动，抽打着马的肚子。辕马的脑袋带着飘动的鬃毛，把系住马轭的缰绳忽而拉紧，忽而放松，有节奏地摇晃着身子。但车具上面的积雪比原来更厚了。雪在前面、在旁边飞舞着，撒在雪橇的滑木上和马的腿上，直到膝盖，同时从上面落到人们的衣领和帽子上。风忽右忽左地戏弄着伊格纳特的领子和厚呢上衣的前襟，戏弄着骖马的鬃毛，在马轭和车辕上面咆哮。

天冷得厉害，我从领子里一伸出头来，冰凉的干雪就纷纷落到睫毛上，鼻子上，嘴巴上，钻到脖子里。向四下里望去，一切都是白的，亮的，覆盖着白雪，不论什么地方，除了昏暗的光和雪之外，什么也没有。我心里感到十分恐惧。阿廖沙睡在雪橇的后座和中间，他的整个脊背上都积了一层很厚的雪。伊格纳特并没有泄气：他不断拉着缰绳，吆喝着，两脚互相撞着。铃铛依旧响得那么美妙动听。马打着响鼻，但跑得越来越慢，越来越频繁地绊跤。伊格纳特又跳了一下，挥了挥手套，用他那尖锐的假嗓唱起歌来。他没有唱完歌，勒住马，把缰绳扔在前座上，跳下雪橇。风狂暴地呼啸着，雪大堆大堆地撒到皮外套的前襟上。我回头一看：我们后面的第三辆雪橇不见了（不知在什么地方掉队了）。在第二辆雪橇旁边，通过蒙蒙的雪雾，可以看见小老头儿两脚交替地跳跃着。伊格纳特从雪橇旁走开去三步，坐在雪地上，解开腰带，动手脱靴子。

　　"你这是干什么呀？"我问。

　　"得换一双靴子，要不我的脚要冻僵了。"他回答，继续干他的活儿。

　　要从外套领子里伸出脖子来看看他在干什么，我觉得太冷了。我挺直身子坐着，眼睛望着那匹骖马，看它怎样伸出一条腿，疲劳不堪地摆动着落满雪的打结的尾巴。伊格纳特跳上驭座，震动了雪橇，把我弄醒了。

　　"哦，我们眼下在哪儿？"我问，"天亮以前到得了吗？"

　　"您放心，到得了的。"他回答，"这会儿我换了双靴子，脚暖和了。"

于是他催动马匹，铃铛又响起来，雪橇又开始摇晃，风又在滑木底下呼啸。我们又在无边无际的雪海里航行了。

十

我睡得很熟。阿廖沙用脚把我踢醒。我睁开眼睛，天已经亮了。天气似乎比夜里更冷。天不再下雪，但强劲的干风继续把雪粉吹到田野上，特别集中地吹到马蹄和雪橇的滑木底下。东方的天空起初呈深蓝色，使人有沉重的感觉，但一斜条一斜条鲜艳的橘红色朝霞越来越清楚地出现在空中。头上，从一片片飞卷过去的微微染红的白云之间，看得见发白的浅蓝色天空；左边，光亮、轻盈的云在飘动。极目望去，田野上到处是白色的重重叠叠、轮廓分明的积雪，有些地方还可以看见灰色的雪堆，雪堆周围急促地飞舞着细小的干雪粉。没有雪橇的痕迹，没有人的足迹，没有野兽的蹄印，什么也没有。马车夫的背部和马匹的背部的轮廓和色彩，即使在白色的背景衬托下也显得清清楚楚……伊格纳特深蓝色帽子的帽圈、领子、头发，甚至靴子都是白的。整个雪橇都被雪盖住了。紫灰色辕马的右半边头部和鬃毛上都积满了雪；我那匹骖马的腿齐膝盖陷在雪里，它的冒汗的臀部的右侧也粘满了雪花，看上去蓬蓬松松。皮穗子合着你所能想象的各种旋律，不断地跳动。骖马也那样跑着，但从它那凹陷的剧烈起伏着的肚子和垂下的耳朵上可以看出，它跑得精疲力竭了。只有一件新鲜的东西吸引了大家的注意，这就是里程标。雪从里程标上落到地上，风从右面吹来，在它的周围扫拢了一大堆雪，又把松散的雪从这边吹到那边。使我大为惊奇的是，我们听任那几匹马跑了一个通宵，十二个小时，不知道方向，也没有停止过，结果却仍然到达了目的地。我们的铃铛似乎响得更欢了。伊格纳特裹紧身子叫嚷着。后面，马打着响鼻，小老头儿和好出主意的人的三驾雪橇的铃铛响个不停，但那个睡觉的人肯定在原野上掉队了。我们又跑了半里路，看见稍微盖上些雪的三驾雪橇的痕迹，偶尔还有马的淡红色血迹，显然是马蹄跑得出血了。

"这是菲利浦！哦，他比我们早到！"伊格纳特说。

大路旁边的雪地上出现了一座挂着酒馆招牌的小房子，这座房子的屋顶和窗户全被雪盖住。这家酒馆旁边停着一辆三驾雪橇，那三匹灰马都叉开腿，垂下头，由于浑身出汗，毛都乱蓬蓬的。大门旁边放着一把铲子，门口的雪都铲干净了，但呼啸着的风不断把雪从屋顶上吹落下来，吹得雪花在空中盘旋飞舞。

听到我们的铃铛声，门里走出来一个身材高大、红头发、红脸庞的马车夫。他手里拿着一大杯酒，嘴里不知叫嚷着什么。伊格纳特向我回过头来，要求我允许他停一下。这时我才第一次看清他的面目。

十一

他的脸并不像我根据他的头发和身材所想象的那样是浅黑的，瘦削的，生有一个高鼻子。这是一张圆圆的快乐的脸，塌鼻子，大嘴巴，还有一双明亮的浅蓝色圆眼睛。他的面颊和脖子通红，仿佛用呢子擦过一般；眉毛、长长的睫毛和均匀地盖着他下半部脸的汗毛都粘着雪，完全变白了。离驿站只剩下半里路，我们就停下来。

"可得快一点儿。"我说。

"只要一分钟。"伊格纳特从驭座上跑下来，走到菲利浦跟前。

"给我吧，老兄。"他说着脱下右手上的手套，把它同鞭子一起扔在雪地上，接着仰起头，咕嘟咕嘟地把递给他的一杯白酒喝干了。

酒馆老板，准是个退伍的哥萨克兵，手里拿着个半升装的酒瓶，从门里走出来。

"谁要酒啊?"他问。

华西里是个淡褐色头发的又高又瘦的庄稼汉，留着山羊胡子；那个好出主意的人，很胖，淡黄头发，浓密的白色大胡子包住通红的脸。他们走过去，每人也都喝了一杯酒。小老头儿也想走到这群喝酒的人那边去，可是人家没有给他酒。他就走到他那几匹系在雪橇后面的马旁边，抚摩着其中一匹的背部和臀部。

小老头儿正是我所想象的那个样子：个儿瘦小，苍白的脸上满是皱纹，蓄着稀疏的大胡子，长着尖鼻子和发黄的蛀牙。他的头上戴着一顶崭新的马车夫帽子，可是那件皮的短外套已穿得很旧，沾满柏油，肩膀和前襟都破了，遮不住膝盖和掖在巨大毡靴里的粗麻布裤子。他全身佝偻，皱着眉，脸和膝盖都打着哆嗦，在雪橇旁边走来走去，显然竭力想使身子暖和些。

"哦，米特里奇，来半瓶白酒，这样就会暖和多了!"好出主意的人对他说。

米特里奇脸上抽搐了一下。他拉好他那匹马的皮颈套和车轭，走到我面前。

"嗳，老爷，"他脱下帽子，露出灰白的头发，低低地鞠着躬说，"跟您老爷一起跑了个通宵，找寻道路，您就赏我半瓶白酒吧。真的，老爷，大人！要不身子就没法儿暖和了。"他露出谄媚的微笑说。

我给了他四分之一卢布。酒馆老板拿来半瓶白酒，递给小老头儿。他放下鞭子，脱掉手套，伸出一只瘦小、粗糙、有点儿发青的黑手去拿酒杯，可是他的大拇指不听使唤，仿佛已不是他的了。他拿不住酒杯，把酒打翻了，酒杯也落到雪地上。

马车夫们都哈哈大笑。

"瞧，米特里奇冻成什么样子了！连酒杯都拿不住。"

米特里奇却因为打翻了酒很伤心。

不过，人家又给他斟了一杯酒，并且灌进他嘴里。他立刻兴高采烈起来，跑进酒馆，点着烟斗，露出黄色的蛀牙，每说一句话骂一声。马车夫们喝干了最后一杯酒，分头向自己的雪橇走去。我们又上路了。

雪越来越白，越来越亮，瞧着它，眼睛都给刺痛了。橘红的、淡红的朝霞在空中升起，扩散开来，越来越高，越来越亮；在地平线上，透过灰云，甚至可以看见一轮红日；天空变得越来越亮，越来越蓝了。驿站附近的大路上，雪橇的痕迹清晰可见，略带黄色；道路坑坑洼洼；在严寒的凝重的空气中可以感觉到一种愉快的轻松和凉意。

我那辆雪橇跑得很快。辕马的头和脖子，连同在马轭旁边飘动的鬃毛，几乎在同一个地方，在中间那个大铃铛底下不断地晃动，这个铃铛的舌头已经不是在撞击，而只是擦着铃壁了。两匹良好的骖马同心协力地拉着冻住的弯曲的套索，拼命奔跃，皮穗子在马的腹部和后鞧下面不断跳动。有时候一匹骖马在坎坷不平的路上被雪堆绊倒，它就四脚乱踢，把雪踢到人的眼睛里，但又勇敢地从雪堆里挣扎出来。伊格纳特不时用快乐的男高音叫嚷着；干冰在滑木底下吱嘎作响；后面传来两个铃铛过节般响亮的声音，还有马车夫酒意十足的吆喝声。我回头一看，两匹汗毛蓬乱的骖马伸长脖子，均匀地喘着气，带着歪在一边的嚼环，在雪地上奔驰。菲利浦挥动鞭子，拉拉帽子；小老头儿仍旧伸开两腿，躺在雪橇中央。

　　过了两分钟，雪橇就在驿站门前扫干净的木板上格格地响着了。伊格纳特把他那落满雪的、散发出冰味的愉快的脸转过来对着我。

　　"到底把您送到了，老爷！"他说。

一八五六年二月十一日

卢塞恩①

——聂赫留朵夫公爵日记摘录

七月八日

昨晚来到卢塞恩，住进本地最好的旅馆：瑞士旅馆。

"卢塞恩，这座古老的州城，建于四州湖畔，是瑞士最富有浪漫气息的地方之一；"梅勒②写道，"这儿有三条大道交叉；到里奇山乘汽船只有一小时路程，从里奇山眺望，就可以欣赏世界上最壮丽的景色。"

①　旧译《琉森》。
②　摘自英国出版商约翰·梅勒的《瑞士旅游指南》。原文是英语。

这话不知是否正确，但其他旅游指南也都这样说，因此各国旅游者，特别是英国人，到卢塞恩来的不计其数。

豪华的五层楼瑞士旅馆不久前刚落成，矗立在湖畔，那里从前有一座有顶的弯曲木桥，桥梁上雕有圣像，桥塍有座小教堂。如今英国人大量涌到，为了满足他们的需要，迎合他们的趣味，并靠了他们的金钱，拆毁了那座旧桥，新筑了一条笔直的花岗石湖滨街，街上盖了一排四四方方的五层楼房子，房子前面种了两行菩提树，都用支柱撑着，菩提树中间照例安放着漆成绿色的长凳。这是个散步的好地方，头戴瑞士草帽的英国淑女和身穿坚实而舒适衣服的英国绅士在这里来回踱步，欣赏着他们的杰作。这样的街道、房屋、菩提树和英国人，在别处也许令人赏心悦目，但在这儿，在这庄严得出奇而又和谐得难以形容的大自然中，可不是那么回事。

我上楼走进我的房间，打开临湖的窗子。湖光、山色和天宇的美最初一刹那使我头晕目眩，惊叹不已。我感到情绪激动，心里有一种感情需要抒发。在这个时刻，我想拥抱什么人，紧紧地拥抱他，呵他的痒，拧他，总之，要对他和对我自己做点儿不寻常的事。

晚上六点多钟。下了一整天雨，这会儿放晴了。浅蓝的湖水好像燃烧的硫黄；湖上几叶扁舟，拖着一条条渐渐消逝的波纹；光滑宁静的湖水像要满溢出来，从窗外葱绿的河岸间蜿蜒流去，流到两边夹峙的陡坡之间，颜色渐渐变暗，接着就停留和消失在沟壑、山岭、云雾和冰雪之间。近处，潮湿的浅绿湖岸伸展出去，岸上有芦苇、草坪、花园和别墅。远一点儿是树木苍郁的陡坡和倾圮的古堡，再远一点儿是淡紫色的群山，那里有形状古怪的巉岩和白雪皑皑的奇峰。万物都沉浸在柔和清澈的浅蓝色大气中，同时又被从云缝里漏出来的落日余晖照耀得瑰丽万状。湖上也好，山上也好，空中也好，没有一根完整的线条，没有一种单纯的色彩，没有一个停滞的瞬间，一切都在运动，哪里也没有平衡，一切都变幻莫测，到处是互相渗透、光怪陆离的线条和阴影，但周围却是一片宁静、柔和、统一和无与伦比的美。可是这儿，在我的窗前，在这浑然天成的自然美景中，却俗不可耐地横着一条笔直的湖滨街，还有用支柱撑着的菩提树和漆成绿色的长凳。这些粗劣俗气的人工产物，不仅不像远处别墅和倾圮的古堡那样融合在和谐统一的美景中，而且粗暴地将它破坏了。我的视线老是不由自主地同那条直得可怕的湖滨街相撞，我真想把它推开，毁掉，就像抹掉眼睛下面鼻子上的黑斑那样，可是英国人散步的那条湖滨街始终留在原地。我不得不另找一个看不见它的视角。我学会了这样观望，晚饭前就独自领略着那种一个人欣赏自然美景时才能体会到的揪心的淡淡哀愁。

七点半，侍者来通知我吃晚饭。底层富丽堂皇的大厅里摆着两张长桌，至少可坐一百人。客人默默地聚拢来，大约用了三分钟时间，只听得女宾衣服的窸窣声、轻轻的脚步声以及同殷勤体面的侍者的悄悄说话声。最后，全部位子都被绅士淑女们占据了。他们个个穿戴得十分漂亮，甚至阔绰，而且异常整洁。这里也像瑞士其他地方一样，旅客多半是英国人，因此公共餐桌上的主要特点是严格遵守礼节：大家都彬彬有礼，不随便交谈，并非由于高傲，而是觉得彼此不需要亲近，人人都单独陶醉在舒服和愉快的环境中。四面八方都是雪白的花边、雪白的硬领、雪白的真牙和假牙、雪白的脸和手。不过，所有的脸——其中也有很漂亮的——只有一种表情，那就是只满足于个人的幸福，对周围与己无涉的东西一概漠不关心。而戴着宝石戒指和半截手套的白手，只是用来理理领子，切切牛肉，斟斟美酒而已。从他们的一举一动中看不出丝毫内心活动。家人之间也只偶尔低声交谈几句，说哪道菜或哪种酒味道好，里奇山的景色有多美。有些单身的男女旅客默默地坐在一起，谁也不看谁一眼。要是这一百个人中有两个交谈几句，那也无非是谈谈天气和攀登里奇山之类的话。刀叉在盘子里轻轻移动着，菜肴一小口一小口地吃着，豌豆和青菜都用叉子叉着吃。侍者不由自主地顺从这种严肃的气氛，低声问你要什么酒。每次这样吃饭，我总感到压抑、不快，甚至忧郁。我老觉得犯了什么过错，受到惩罚，就像小时候淘气被罚坐椅子，并且听到讽刺的话："你就歇会儿吧，我的宝贝！"当时我热血沸腾，还听见弟兄们在隔壁屋子里快乐地喧闹。在这样的会餐桌上，我总是竭力想驱除压抑感，可是没有用。那一张张死气沉沉的脸对我产生一种无法抗拒的影响，我也就变得那样死气沉沉了。我什么也不要，什么也不想，甚至什么也不看。起初我试图同邻座谈谈，但是，除了同一个人在同一个地方重复过千百遍的话之外，我听不到别的回答。其实，这些人并不傻，也不是麻木不仁，许多死气沉沉的人也像我一样有着内心生活，其中不少人比我复杂得多，有趣得多。那他们为什么要使自己失去人生的一大乐趣——交际的乐趣呢?

我们在巴黎的公寓生活就完全不同。在那儿,我们二十个人,国籍不同,职业不同,性格不同,但在法国人爱好社交的风气影响下,大家坐在一起吃饭,毫不拘束,十分愉快。在那儿,大家从餐桌这一头谈到那一头,还常常夹些俏皮话和双关语,尽管说得语无伦次,但都是共同的语言。在那儿,谁也不在乎会产生什么后果,心里想什么,嘴里就说什么。在那儿,我们有我们的哲学家,有我们的辩论家,有我们的俏皮鬼①,有我们的常被取笑的倒霉蛋,一切都是共有的。在那儿,一吃完晚饭,我们把桌子推开,不管合不合节拍,就在沾满尘土的地毯上跳起波尔卡舞来,一直跳到深夜。在那儿,尽管我们有点儿玩世不恭,也不够聪明,不值得受人尊敬,但我们都是人。不论是风流多情的西班牙伯爵夫人,还是那在饭后朗诵《神曲》的意大利修道院院长,还是那获得去杜尔里宫②许可证的美国医生,还是那留长头发的青年戏剧家,还是那自称创作了世界上最优秀波尔卡舞曲的女钢琴家,还是那每个手指上都戴着三个戒指的俏丽而薄命的寡妇,大家彼此都保持着人的关系,尽管关系不深,但都十分诚恳,而且互相留下或浅或深的印象。这种印象甚至深入人心,使人终生难忘。可是在这种

---

① "俏皮鬼"原文为法语。以下原文凡用法语的,均排楷体,不再一一作注。

② 巴黎的皇宫,于十六世纪建成,十八世纪末资产阶级革命时期是国民公会所在地,后曾作为拿破仑和法国皇帝的皇宫,1871 年在战争中焚毁。

英国式的餐桌上，我瞧着这些花边、缎带、戒指、搽油的头发和丝绸衣服，心里常常想：有多少这样活生生的女人自己可以获得幸福，也可以使别人幸福，想起来也怪，这儿有多少朋友和情人，最幸福的朋友和最幸福的情人，并排坐在一起，却不懂得这个道理。天知道为什么他们从不懂得这个道理，从不肯把他们所渴望和非常容易给人的幸福给予对方。

吃过这样的晚餐，我照例感到闷闷不乐，不等吃完甜食，就心烦意乱地上街溜达。又窄又脏又暗的街道，上了门板的店铺，喝得烂醉的工人，走去打水的女人和头戴帽子沿胡同墙根儿闲荡、眼睛东张西望的女人，这一切不仅没有驱除而且加深了我的忧郁。街上已是一片漆黑，我没向周围环顾，头脑里也没想什么，径直向旅馆走去，希望用睡眠来摆脱心头的忧郁。我感到极其寒冷、孤独和沉重，就像一个人刚到一个新地方，有时会莫名其妙地产生这样的心情那样。

我瞧着脚下的地面，沿湖滨街向瑞士旅馆走去，突然一阵美妙动人的乐声把我惊住了。这乐声顿时使我精神振奋，仿佛一道欢乐的强光射进我的心田。我感到轻松愉快。我那沉睡的注意力重又投向周围的一切。美丽的夜色和湖景原来已被我淡忘，这会儿忽然像一件新玩意儿那样使我精神振奋。刹那间，我忽然发现冉冉上升的月亮照着阴暗的天空，有几块灰云飘浮在湛蓝的天幕上；平滑的墨绿湖水上映着点点灯火，看见远处雾蒙蒙的群山，听见从弗廖兴堡传来的蛙鸣和对岸鹌鹑像朝霞般纯净的啼声。就在我前面，在我的注意力被乐声吸引的地方，昏暗中我看到街心有一群人围成半圆形，而在人群前面几步的地方，有一个穿黑衣服的矮小的人。在人群和那人后面，背衬着浮云片片的深灰色天空，整整齐齐地浮现着几行黑魆魆的杨树，古教堂两边庄严地耸立着两个森严的塔顶。

我走近去，乐声更清楚了。我清楚地听出那在远方夜空中美妙地回荡着的吉他婉转的和音，还有几个人在轮唱，不唱主旋律而唱其中最扣人心弦的几段。主旋律类似优美悦耳的玛祖卡舞曲，歌声忽近忽远，有时是男高音，有时是男低音，有时像是提罗尔人从喉部发出的高亢颤音的假声。这不是歌曲，而是一首轻快歌曲的优秀草稿。我不知道这是什么歌，但很美妙动听。那令人销魂的吉他婉转的和音，那轻快美妙的旋律，那月光照耀下黑沉沉的湖面，那默默耸立着的两个高塔和黑魆魆的杨树，以及那在神奇环境中孤独的黑衣人——这一切都是怪诞的，但都具有说不出的美，至少我有这样的感觉。

生活中错综复杂而又无法摆脱的印象忽然对我产生了意义和魅力。我心里仿佛绽开了一朵芬芳的鲜花。刚才的疲劳、萎靡和对世间万物的冷漠一扫而光，我忽然感到需要爱情、希望和纯洁的生活的欢乐。我情不自禁地问自己："你需要什么？你希望什么？还不是从四面八方向你涌来的美和诗嘛！尽你的全力大口大口地吸收美和诗吧，尽情享受吧，你还需要什么呢！一切都属于你，一切都是那么美好……"

我走得更近些。那个矮小的人好像是个提罗尔流浪汉。他站在旅馆窗前，伸出一只脚，仰起头，一面弹吉他，一面用不同的音调唱着优美的歌曲。我对他顿时产生了好感，感谢他促使我心灵上发生变化。我勉强看出，这位歌手身穿一件很旧的黑礼服，头发又黑又短，头戴一顶很俗气的旧便帽。他的衣着毫无艺术家风度，但他那潇洒天真的姿态和矮小个儿的一举一动，都给人一种诙谐好玩的印象。在灯火辉煌的旅馆的台阶上、窗子里和阳台上，站着浓妆艳抹细腰宽裙的贵妇人、硬领雪白的绅士、身穿金边制服的看门人和侍仆；街上，在围成半圆形的人群中，在较远的林荫道的菩提树之间，聚集着衣衫漂亮的侍者、头戴白帽和身穿白罩衫的厨师、互相搂腰的姑娘和游人。看来，人人都有跟我同样的感受。大家默默地站在歌手周围，聚精会神地听着。周围一片寂静，只有在歌声停歇的片刻，远远地从水面上飘来锤子的敲击声，以及从弗廖兴堡那儿传来的断断续续的蛙鸣，其中夹杂着鹌鹑婉转单调的啼叫。

矮小的人在黑暗的街上，像夜莺一样，一段又一段，一曲又一曲地唱着。我走到他跟前，他的歌声依旧给我带来极大的快乐。他的声音并不洪亮，但非常悦耳。他控制声音时所表现出来的轻柔、韵味和感情都恰到好处，显示他这方面很有天赋。他重唱每一段，每次唱法都不同，而这些美妙的变化他都是兴之所至，随口唱来的。

上面瑞士旅馆的人和下面林荫道上的人常常发出低低的赞许声，而周围则是一片表示敬意的沉默。在灯火辉煌的阳台上和窗口，盛装艳服的绅士淑女越来越多了。他们凭栏站着，那景象煞是好看。散步的人都停住脚步，在湖滨街的阴影里，到处有三五成群的男女站在菩提树旁。在我的旁边，稍微离开人群，站着一个豪门贵族的侍仆和一个厨师，嘴里都抽着雪茄。厨师被音乐的魅力深深感动，每次听到高音的假声，就情绪激动而莫名其妙地向侍仆挤挤眼，点点头，用臂肘撞撞他，脸上的表情仿佛在问："唱得怎么样，呃?"侍仆呢，我从他的满脸笑容上看出也同样高兴，对厨师的碰撞只耸耸肩膀回答，表示要使他感到惊奇相当困难，因为比这唱得更好的他也听多了。

在歌唱的间歇，歌手清了清嗓子。我就问侍仆，他是谁，是不是常到这儿来。

"每年夏天都要来两三次，"侍仆回答，"他是从阿尔高维①来的，是个要饭的。"

"怎么，像他这样的人很多吗?"我问。

"是的，是的。"侍仆一下子没听懂我的话，但接着弄明白我的问题，就改口说，"哦，不! 在这儿我只看到他一个，没有第二个了。"

这时候，个儿矮小的人唱完一支歌，利索地把吉他往怀里一抱，接着就用他的德国方言说了些什么。他的话我听不懂，却逗得围观的人哈哈大笑。

"他在说什么?"我问。

"他说喉咙干，要喝点儿酒。"站在我旁边的侍仆翻译给我听。

"哦，他是不是爱喝酒啊?"

"他们那种人都是这样的。"侍仆笑嘻嘻地回答，对他挥了挥手。

歌手摘下帽子，扬了扬吉他，走近旅馆。他仰起头，对站

_____

① 瑞士的一个州。

在窗口和阳台上的绅士淑女说："诸位先生，诸位太太，"他用一半意大利腔一半德国腔的法语像魔术师对观众那样说，"你们要是以为我想挣点儿钱，那你们就错了。我是个穷人。"他停住，沉默了一会儿，因为谁也没有给他什么，他又扬了扬吉他说，"诸位先生，诸位太太，现在我要给你们唱一支里奇民歌。"上面的听众毫无反应，但仍站在那儿等着听下一支歌；下面的人群都笑了，大概是因为他说得很好玩，而且谁也没有给他什么东西。我给了他几个生丁①，他灵巧地把它们从这只手扔到那只手，然后塞到背心口袋里，戴上帽子，又唱起他那支叫作《里奇民歌》的曲调优美的提罗尔歌来。这支歌是他的压台戏，唱得比前面几支更好，从四面八方不断聚拢来的人群中发出一片喝彩声。他唱完这支歌，又扬了扬吉他，摘下帽子，把它举到前面，向窗口走近两步，又说了那种令人费解的话："诸位先生，诸位太太，你们要是以为我想挣点儿钱，那……"这话他显然自以为说得很巧妙很俏皮，但在他的声音和动作里，我发现他有点儿踌躇，而且像孩子般胆怯。这种神态由于他身材矮小而特别令人感动。高雅的观众仍旧站在灯火辉煌的阳台上和窗口，穿着盛装艳服，那景象依然十分好看。有几个彬彬有礼地谈论着那伸手站在他们面前的歌手，有几个好奇地仔细打量着这个穿黑衣服的矮小的人，从一个阳台上传出一位年轻姑娘清脆快乐的笑声。下面的人群中，说话声和笑声越来越响。歌手第三次重复他那句话，声音更加微

---

① 法国辅币，一百生丁合一法郎。

弱，甚至不等说完，就又伸出拿帽子的手，但立刻又缩了回去。而那百来个衣饰华丽的听众，还是没有人扔给他**一个子儿**。人们冷酷无情地哈哈笑起来。矮小的歌手——我觉得他更矮小了——一只手拿着吉他，另一只手把帽子举到头上扬了扬说："诸位先生，诸位太太，谢谢你们，祝你们晚安。"然后，他戴上帽子。人们高兴得哈哈大笑。漂亮的绅士和淑女悠闲地交谈着，渐渐从阳台上离去。林荫道上又有许多人在散步。在歌唱时一度寂静的街道又热闹起来，有几个人没有走近，只远远地望着歌手发笑。我听见那矮小的人嘴里嘀咕着，转过身——他的身子显得更矮小了——快步向城里走去。快乐的游人还是和他保持一段距离，眼睛瞧着他，跟在他后面笑……

　　我惘然若失，弄不懂这一切是什么意思。我站在那儿，茫然凝望那大步向城里走去、在黑暗中逐渐消失的渺小的人，凝望那些跟在他后面嘻嘻哈哈笑着的行人。我感到痛苦、悲哀和羞耻，主要是羞耻。我替那个渺小的人，替人群，也替我自己感到羞耻，仿佛是我向人家讨钱，人家什么也没给我，还要嘲笑我。我怀着揪心的痛楚，也不回头张望，就快步向我住宿的瑞士旅馆走去。我还捉摸不透我的感受，只觉得心头有一种无法摆脱的压力，使我感到沉重。

　　在灯火辉煌的豪华旅馆大门口，我遇见那彬彬有礼地让开路的看门人和一家英国人。那个魁伟漂亮的男人留着英国式黑色络腮胡子，头戴黑呢帽，胳膊上搭着一条方格花毯，手里拿着一根贵重的手杖，挽着一位身穿绚丽丝绸连衣裙、头戴缎带发亮和花边精致的女帽的太太，目空一切地懒洋洋走来。旁边走着一位如花似玉的小姐，头戴一顶雅致的瑞士女帽，帽上像火枪手那样斜插着一根羽毛，帽子下面白净的脸蛋周围垂着一绺绺柔软、卷曲的淡褐色长发。他们前面连跳带蹦地走着一个十岁模样的小姑娘。她脸颊绯红，精致的花边下露出一双浑圆的雪白膝盖。

"夜色真美啊！"我从他们身边经过时，听到那位太太娇声娇气地说。

"嗬！"那英国人懒洋洋地答应一声。看上去，他在世界上过得那么称心如意，连话都懒得说了。他们活在世界上，似乎个个都感到无忧无虑，轻松愉快；他们的一举一动和脸上的表情都反映出对别人生活的极度冷漠；他们深信，看门人会给他们让路和鞠躬，他们散步回来，会找到干净的房间和床铺；他们深信，这一切都是理所当然的，他们在这方面享有充分的权利。我情不自禁地拿他们同那又饥又累、忍辱逃避人们嘲笑的流浪歌手作比较。我恍然大悟，究竟是什么像一块巨石似的压住我的心。我对这些人感到有说不出的愤恨。我在这个英国人旁边来回走了两次，没有给他让路，还用臂肘撞他，感到很痛快，然后我走下台阶，在黑暗中朝那矮小的人消失的方向跑去。

我赶上三个同行的人，问他们歌手往哪儿去了。他们笑笑，指给我看他就在前面。他独自快步走着，没有人接近他，我仿佛觉得他还在气愤地嘀咕着。我跑到他跟前，提议跟他一起到什么地方去喝杯酒。他还是匆匆走着，不高兴地看了我一眼，但等弄明白是怎么一回事，就站住了。

"好吧，既然您一番好意，我就不客气了。"他说，"这儿有家小咖啡馆，可以去坐坐，是个普普通通的地方。"他补充说，指指那家还在营业的咖啡馆。

他说"普普通通的"这个词，不由得使我想到不该到那家普普通通的咖啡馆去，而应该上那家有人听过他歌唱的瑞士旅馆。尽管他胆怯而兴奋地说瑞士旅馆太奢侈，谢绝到那儿去，我还是坚持我的意见。于是他就装出无所谓的样子，快乐地挥动吉他，跟着我沿湖滨街走去。我刚走到歌手跟前，就有几个悠闲地散步的人走近来听我说话。接着他们交头接耳地议论起来，跟着我们走到旅馆门口，大概是希望那提罗尔人再演唱些什么。

我在门廊里遇见一个侍者，向他要了一瓶葡萄酒。那侍者含笑对我们瞧瞧，就一言不发地跑开了。我也向领班提出同样的要求。他认真地听了我的话，从脚到头打量了一下怯生生的矮小歌手，严厉地叫看门人把我们领到左边那个厅里。左边那个厅是接待普通顾客的酒吧间。屋角有个驼背女工在洗碗碟，里面只有几张简朴的木桌和板凳。招待我们的侍者露出温和的嘲笑，对我们瞧瞧，双手插在口袋里，同那驼背女工交谈了几句。他显然很想让我们明白，尽管他的社会地位和身份比歌手高得多，他伺候我们不仅不感到屈辱，甚至觉得很有趣。

"来普通葡萄酒吗？"他懂事地说，暗指坐在我对面的人向我挤挤眼，同时把餐巾从这只胳膊搭到那只胳膊上。

"来瓶香槟，要最好的。"我说，竭力装出傲慢和威严的神气。但香槟也好，我那装作傲慢和威严的神气也好，对那侍者都不起作用。他冷笑了一下，站着瞧了我们一会儿，从容不迫地看看金表，这才悠闲地轻轻走出去。他很快拿了酒回来，后面跟着另外两个侍者。那两个侍者坐在洗碗碟女人旁边，脸上现出快乐的神色和温柔的微笑欣赏着我们，就像父母欣赏孩子做有趣的游戏那样。只有那洗碗碟的驼背女人不是带着嘲弄而是怀着同情看着我们。虽然在侍者们咄咄逼人的目光下，我款待歌手并同他谈话有点儿难堪，但我还是竭力做得落落大方，若无其事。在灯光下，我把他看得更清楚了。他体格匀称，筋脉毕露，个儿很小，简直像个侏儒，黑头发硬得像鬃毛，一双黑色的大眼睛没有睫毛，老是泪汪汪的，而他那张线条分明的小嘴则非常逗人喜爱。他留着短小的络腮胡子，头发不长，穿着寒碜。他外表邋遢，衣服褴褛，皮肤很黑，总之是一副劳动者的模样。他与其说像个艺术家，不如说像个贫穷的小贩。只有他那双老是湿润的亮晶晶的眼睛和抿着的小嘴很有特色，十分动人。看上去，他的年龄在二十五岁到四十岁之间，其实他是三十八岁。

他诚挚地讲了他的身世。他是阿尔高维人，从小失去父母，没有亲戚，也从没有过财产。他跟一个细木匠学过手艺，但二十二年前一只手得了骨疽，从此不能干活儿。他从小爱唱歌，就唱起歌来，外国人偶尔给他一点儿钱。他买了一把吉他，以卖唱为生，十八年来跑遍了瑞士和意大利，在旅馆前面卖唱。他的全部行装是一把吉他和一个钱袋，钱袋里现在只有一个半法郎，他今晚就得靠这些钱宿夜吃饭。他每年（今年是第十八年）都要跑遍瑞士的旅游胜地：苏黎世、卢塞恩、英脱拉根、沙摩尼等地；经圣伯尔拿到意大利，然后经圣·哥特德或萨伏伊回来。如今他渐渐感到走路吃力，两腿因受风寒酸痛——他自认为是风湿痛——一年比一年厉害，视力和嗓子也一年不如一年。尽管这样，他还是要到英脱拉根和亚兴雷邦，然后经圣伯尔拿到他特别喜欢的意大利去。总的看来，他对他的生活是心满意足的。我问他为什么要回家，家里有没有亲人，有没有房产。听了这话，他乐得嘴都合不拢，含笑回答说："是啊，糖是好东西，孩子们最喜欢！"他说完，对侍者们挤挤眼。

我摸不着头脑，但那几个侍者都笑了。

"我什么也没有，要不然我会那么东奔西跑吗？"他向我解释道，"至于回家，那是因为故乡对我总还有点儿吸引力。"

于是他又调皮而自得地重复说："是啊，糖是好东西。"接着又淳朴地笑起来。侍者都很开心，也哈哈大笑，只有洗碗碟的驼背女人用她那双善良的大眼睛严肃地瞧瞧矮小的歌手，给他拾起他在谈话时从凳子上掉下的帽子。我发现凡是流浪歌手、杂技演员，甚至变戏法的，都喜欢自称为艺术家，因此我在同矮小歌手谈话时几次暗示他是个艺术家，但他决不承认他有这方面的禀赋，他只是把他的行当看作谋生的手段罢了。我问他唱的歌是不是他自己创作的。他听了这种古怪的问题感到惊奇，回答说他怎么会呢，那都是古老的提罗尔民歌。

"那么里奇歌呢？我看那不是一支古代民歌吧？"我问道。

"是的，这支歌是十五六年前作的。巴塞尔有个德国人，绝顶聪明，这支歌是他作的。这支歌真美！您瞧，他这是为旅行家作的。"

　　于是他就把里奇歌译成法语，念给我听，显然他很喜欢这
支歌：

> 如果你要去里奇，
> 到维吉斯一段不用走路，
> 那里有轮船航行。
> 从维吉斯出发得拿根棍子，
> 手里再挽一位姑娘，
> 临走可喝上一杯红酒。
> 只是别喝得太多，
> 因为谁想喝酒，
> 谁得先建立功劳……

　　"哦，这支歌真美！"他结束说。

　　侍者们大概也认为这支歌很美，都走拢来听。

　　"那么，曲子是谁作的呢？"我问。

　　"没有谁作曲，就这么随便唱唱。要唱给外国人听，就得
换点儿新鲜花样。"

　　侍者给我们送来了冰块，我给我的客人倒了一杯香槟。他
显然有点儿窘，回头望望侍者们，坐在板凳上扭动身子。我们
碰杯祝艺术家们健康。他喝了半杯，似乎有什么事要沉思一
番，紧紧地皱起眉头。

　　"我好久没喝这样的好酒了。*这话我只跟您说说*。在意大

利，**阿斯提酒**不错，但还比不上这酒。哦，意大利！意大利可真是个好地方！"

他补充说。

"是啊，那里的人重视音乐，重视艺术家。"我说，想引他谈谈当晚在瑞士旅馆门口演出的失利。

"不，"他回答说，"在那儿我能用音乐给谁带来快乐。意大利人是天下最出色的音乐家。不过我只唱些提罗尔歌曲，这种歌对他们来说还是新鲜的。"

"怎么样，那儿的老爷们是不是慷慨些？"我继续说，想引他像我一样愤恨瑞士旅馆的旅客，"那儿总不会像这儿这样，大旅馆里住的都是阔佬，听音乐家唱歌的有百来个人，可是大家什么也不给……"

我的问题完全没有产生预期的效果。他根本没想到生他们的气；相反，他还以为我这话是在责怪他才气不足，没有获得奖赏，就竭力在我面前替自己辩护。

"不是每次都能得到许多报酬的，"他回答，"有时候嗓子都唱哑了，累得很。不瞒您说，我今天跑了九个钟头，差不多唱了一整天，真吃力。可那些贵族老爷，他们有时候连提罗尔歌曲都不爱听。"

"不管怎么说，他们总不能什么也不给啊。"我重复说。

他没有理解我的话。

"问题不在这儿，"他说，"这儿主要是**警察局限制太严**，问题就在这儿。根据这儿的共和国法律，他们不让你唱，可是在意大利，你到处都可以唱，谁也不会说一句话。在这儿，他们高兴让你唱，就让你唱；不高兴，就叫你坐牢。"

"哦，真有这样的事吗？"

"是的。要是他们警告过你一次，而你还要唱，他们就会叫你坐牢。我已坐过三个月牢了。"他笑着说，仿佛这是一个非常愉快的回忆。

"哦，这真是太可怕了！"我说，"这究竟是为什么呀？"

"这是根据他们共和国的新法律①，"他兴奋起来，继续说，"他们不肯想想，也得让穷人活下去。我要不是得了残疾，我也愿意工作。至于我唱唱歌，那又会损害什么人？富人可以随心所欲地生活，可像我这样的穷小子连日子都过不下去。这究竟是怎么一回事啊？共和国法律究竟算什么呀？要是这样，那我们还要共和国干什么呀？先生，您说是吗？我们不要共和国……我们只要……我们只要……"他迟疑了一下，"我们宁可要自然法。"

我又给他斟了一杯酒。

他端起杯子，对我鞠了一躬。

"我知道您要干什么，"他眯缝着眼睛，用手指指我说，"您要灌醉我，瞧我的好看。哼，不行，这您办不到。"

"我干吗要把您灌醉呢？"我说，"我只不过想使您高兴高兴罢了。"

他误解了我的用意，大概有点儿后悔，感到很窘，就欠起身来，捏捏我的臂肘。

———————————————————

① 指 1848 年瑞士共和国宪法。

"不，不，"他用那双湿润的眼睛恳求似的瞧着我说，"我这只是开开玩笑，开开玩笑。"

接着他又说了些颠三倒四、莫名其妙的话，大意是我毕竟是个好人。

"这话我只对您说说！"他最后说。

就这样，我继续跟歌手喝酒谈天，侍者们仍旧肆无忌惮地瞧着我们，看来还在取笑我们。尽管我们谈得津津有味，我还是留意着他们，而且说实在的，对他们越来越生气。有个侍者站起来，走到歌手跟前，仔细察看他的头顶，笑了。我对瑞士旅馆的住客已积了一肚子气，还没有机会发泄。这会儿，说实在的，那一伙侍者实在弄得我忍无可忍。看门人没有摘下帽子，走进屋里，一屁股坐在我旁边，双臂支在桌上。这最后的一幕触犯了我的自尊心或者说虚荣心，惹得我按捺不住，使我心里憋了一晚上的怒气顿时爆发了。为什么当我一个人走到大门口时，他卑躬屈膝地向我鞠躬，如今我同一名流浪歌手坐在一起，他就蛮不讲理地坐到我旁边来呢？我心头的怒火熊熊燃烧，但我反而觉得快慰，甚至兴奋，因为它刺激了我，使我在肉体上和精神上暂时感到舒畅、振奋和有力。

我霍地从座位上站起来。

"你笑什么？"我对那侍者大声喝道，感到自己脸色发白，嘴唇直打哆嗦。

"我没有笑，我就是这样。"那侍者一面回答，一面后退。

"不，你取笑这位先生。这儿有客人，你有什么权利上这儿来，还要坐下？不许坐！"我大声喝道。

看门人嘴里嘀咕着，站起来，向门口走去。

"这位先生是客人，你是侍者，你有什么权利取笑他，还要坐到他旁边来？为什么今晚吃饭的时候你不取笑我，不坐到我旁边来呢？是不是因为他穿得寒碜而且在街头卖唱呢？就是因为这个缘故，而我却穿着阔气的衣服。他人虽然穷，但我相信他的品德比你高尚万倍。因为他没有侮辱谁，你却侮辱他。"

"我什么也没做，您何必这样呢，"我所痛恨的那个侍者怯生生地回答，"他坐在这儿，我又没打搅他。"

那侍者没懂得我的意思，我的德国话白说了。态度粗暴的看门人想帮那侍者说话，但被我狠狠地骂了一通，他也就装作听不懂我的话，摆了摆手。洗碗碟的驼背女人察觉我的愤激情绪，怕闹出事来，也许是因为同意我的意见，站在我一边，竭力替我和看门人调解，劝他别作声，并说我是对的，恳求我别激动。"先生说得对，您说得对。"她肯定地用德语说。歌手现出可怜巴巴的恐惧神色，显然不明白我为什么发火，我要干什么，就要求我赶快离开这地方。可是我的火气越来越大，气话也越说越多。我念念不忘那嘲笑他的人群和分文不给的听众，我怎么也无法平息心头的怒火。我想，要不是那侍者和看门人表示让步，我准会跟他们大干一场，或者用手杖敲敲那手无寸铁的英国小姐的脑袋。当时我要是在塞瓦斯托波尔，就准会冲进英军堑壕，向他们猛砍猛杀。①

"你们为什么把我和这位先生领到这个厅里而不领到那个厅里？啊？"我揪住看门人的胳膊不让他走，责问道，"你们有什么权利可以决定这位先生只能进这个厅而不能进那个厅？进旅馆，只要付钱，不是应该人人平等吗？这规矩不仅适用于这儿，在全世界都适用。你们的共和国真是糟透了！这就是你们的平等！那些英国人白听这位先生唱歌，等于每人从他身上剥夺了应该给他的几个生丁，可你们就是不敢把英国人领到这个厅里来。你们怎么敢叫我们坐到这个厅里来呢？"

"那个厅关着。"看门人回答。

"不，"我嚷道，"胡说，那个厅没关。"

"那您知道得比我们清楚啰。"

"我知道，我知道你们撒谎。"

看门人侧身从我身边走开。

"唉，有什么可说的！"他嘀咕着。

"哼，别来'有什么可说的'这一套，"我大声叫道，"马上把我领到那个厅里去。"

我不管驼背女人的劝告和歌手回家的要求，坚决要领班过来，自己就带着客人向那个厅走去。领班听见我那愤怒的声音，看到我那激动的神情，没同我争辩，只是轻蔑而恭敬地说，我高兴上哪儿，就可以上哪儿。我没来得及揭穿看门人的

----

① 这里指 1853—1856 年塞瓦斯托波尔保卫战，托尔斯泰曾亲自参加那次战争。

223

谎言，因为不等我走进那个厅，他已溜走了。

那个厅确实开着，里面灯火通明，一个英国绅士和太太正坐在里面吃饭。尽管侍者把我们领到一张独用的桌上，我和肮脏的歌手偏偏紧挨着那英国人坐下，并吩咐侍者把我们没喝完的半瓶酒拿来。

这对英国夫妇先是大吃一惊，然后恶狠狠地瞧瞧呆坐在我旁边的矮小歌手。他们交谈了两句，那英国太太把盘子一推，站起来，弄得衣衫窸窣发响，接着两人走掉了。隔着玻璃门，我看见那英国绅士怒气冲冲地对侍者说着些什么，一只手不断地指着我们。侍者把头探进门来瞧瞧。我欣然等着他们来撵我们出去，这样我就可以把所有的怒气往他身上倾泻。但总算他们走运，没有来干涉我们。这使我有点儿失望。

歌手起初不肯喝酒，这会儿却匆匆把瓶里剩下的酒都喝光，想尽快离开这地方。我发觉他对我的款待表现出真诚的感谢。他那双泪汪汪亮晶晶的眼睛变得更湿润更明亮了。他又对我说了一句非常古怪难懂的话表示感激。它的大意是，要是人人都像我这样尊重艺术家，那他就快活了。他还祝我万事如意。不论怎么说，他的话还是使我高兴。我和他一起走到前厅。那些侍者和我所憎恨的看门人都站在那儿。那看门人仿佛在向他们说我的坏话。他们瞧我的那副神气，好像我是个疯子。我要让他们看到矮小的歌手同大家地位平等，就尽量现出恭敬的态度，摘下帽子，紧握着他那瘦骨嶙峋的手。所有的侍者都装作根本没有看到我的样子，只有一个人发出恶毒的嘲笑。

歌手鞠了个躬，在黑暗中渐渐消失了，我上楼回到自己的房间，想睡个觉来摆脱这些印象和突然袭上心头的幼稚愚蠢的憎恨。但我感到自己激动得无法入睡，就又上街溜达，直到心里平静下来。不过，说实在的，除此以外，我还朦朦胧胧地希望有机会碰到那看门人、那侍者或者那英国人，同他们干一场，好让他们认识认识他们的残酷，尤其是他们的不公平。可是，除了那个一看见我就转过脸去的看门人以外，我没遇见任何人，只好独自沿着湖滨街踱步。

"哦，这就是诗歌的奇怪遭遇，"我稍微冷静点儿，寻思着，"人人都喜爱诗歌，找寻它，追求它，可是谁也不承认它的力量，谁也不珍惜这世上最大的幸福，谁也不看重和感激把这种幸福献给人类的人。你不妨问问瑞士旅馆随便哪个旅客：什么是世上最大的幸福？所有的人，也许是百分之九十九的人，会露出嘲弄的微笑对你说，世上最大的幸福就是金钱。'这种想法你也许不喜欢，或者和你那崇高的理想格格不入，'他会这样说，'但人类的生活就是这样安排的，只有金钱能给人幸福，那又有什么办法呢？我不能不理智地去看待世界，也就是看待现实。'唉，你的理智实在可怜，你所追求的幸福也实在可怜，你是个连自己也不知道需要什么的可怜虫……为什么你们抛下祖国、亲人、事业和财产，聚集到这个瑞士小城卢塞恩来呢？为什么你们今晚都拥到阳台上，肃静地倾听那矮小乞丐的歌唱呢？再说，他要是肯再唱下去，你们还会默默地听下去。难道金钱，哪怕是几百万，能驱使你们抛下祖国，聚集在卢塞恩这个小天地里吗？金钱能使你们集中到阳台上，一动不动地默默站上半小时吗？不！只有一样东西能迫使你们行动，而且永远比生活中其他动力更强大，那就是对诗歌的需要，这一点你们不承认，但你们会感觉到，只要你们身上还有一点儿人性，你们就永远都会感觉到。你们觉得'诗歌'这个名词很可笑，你们以嘲弄挖苦的语气使用这个名词。你们容许天真的少男少女给爱情带上诗意，但你们却取笑他们。其实你们需要的是积极的东西。孩子们看待生活是健康的，他们热爱并且知道人应该爱什么，什么会给人带来幸福，可是生活弄得你们颠三倒四，腐化堕落，你们嘲笑你们所爱的东西，你们追求你们所憎恨并使你们不幸的东西。你们实在是昏了头，不懂得对那个给你们带来纯洁快乐的穷提罗尔人尽应尽的义务，同时却认为应该在一位勋爵面前卑躬屈节，牺牲自己的安宁和舒适，既没有获得什么好处，也没有享受到什么欢乐。这真是荒唐，真是莫名其妙的怪事！不过今晚最使我吃惊的倒不是这件事。这种对给人以幸福的东西的无知，这种对诗歌的乐趣的麻木不仁，我在生活中常常遇到，已经习惯了，差不多也能理解；人群的粗暴和不自觉的残酷对我也并不新奇；不管那些为群众心理辩护的人怎样解释，人群虽是许多好人的集合体，但他们只接触兽性的卑下方面，因此只表现出人性的弱点和残忍。可是你们这些讲究人性的自由民族的儿女，你们这些基督徒，你们这些被称为人的人，怎么能用冷酷和嘲弄来回报一个不幸的求乞者给予你们的纯洁的快乐呢？在你们的祖国没有乞丐收容所。事实上，讨乞的人是没有的，世界上也不应该有讨乞的人，也不应该存在对讨乞的同情心。但那个提罗尔歌手可是付出过劳动的呀，他给了你们欢乐，他央求你们为他的劳动给他一点儿你们多余的东西。可你们却从你们金碧辉煌的高楼大厦里，带着冷笑像观赏稀有怪物那样观赏他，而在你们百来位幸福的阔人中，竟没有一个人扔给他一点儿东西！他受了凌辱，从你们身边走开了，可是那些没有头脑的人们却跟在后面取笑他，他们侮辱的不是你们而是他，因为你们冷淡、残忍和无耻；因为你们白白享受了他向你们提供的欢乐，他因此受到了侮辱。"

"一八五七年七月七日，在卢塞恩那家头等阔佬下榻的瑞士旅馆门前，一个流浪的讨乞歌手唱歌弹琴达半小时之久。百来个人听他演唱。歌手三次要求施舍。没有一人给他任何东西，有许多人还嘲笑他。"

这不是虚构，而是确凿无疑的事实。谁只要到瑞士旅馆常住旅客那里去调查一下，或者通过报纸向七月七日在瑞士旅馆住过的外国人打听一下，谁就可以证实这件事。

是的，这件事当代历史学家应该用不可磨灭的如火如荼的文字记录下来。这件事比报章史册所记载的那些事重大得多，严酷得多，具有更深刻的意义。什么英国人又枪杀了一千名中国人，因为他们不肯买英国货啦，而英国一味想掠夺当当响的金币；① 什么法国人又杀死了一千名阿尔及利亚人，② 因为在

---

① 指 1856 年英国军舰借口中国当局在英国船上拘捕鸦片贩子，炮轰中国沿海城市。
② 指 1857 年法国军队在殖民战争中镇压阿尔及利亚人的抵抗。

非洲庄稼长得好，而且经常打仗对训练军队有益啦；什么土耳其驻那波里公使不可能是犹太人啦；① 什么拿破仑皇帝在帕隆比列公园散步，并且发表公告，他统治国家完全是秉承全体人民的意志啦②——这些言论不是掩盖就是宣布众所周知的事实。然而七月七日在卢塞恩发生的这件事，我觉得新鲜而奇怪，它不涉及人性中永远存在的缺点，而同社会发展的一定时期有关。这件事不属于人类活动史的范畴，而属于进步和文明史的范畴。

为什么这种惨无人道的事不可能发生在德国、法国或者意大利的任何一个乡村，而发生在这儿，在这高度文明、自由和平等的地方，发生在这最文明国家的最文明旅游者集中的地方？为什么这些又有教养又讲人道的绅士淑女一般也能讲讲公道，做些善事，如今面对一个不幸的人，却缺乏人类的同情心呢？为什么这些绅士淑女在议会上或者其他集会上热情关心在印度的未婚中国人的状况，③ 关心非洲基督教的传布和教育的发展，关心改善全人类协会④的成立，却不能在自己心里得到起码的人对人的感情？难道他们真的没有这种感情吗？是不是这种感情已被在议会和各种集会上支配他们的虚荣心、名誉心

---

① 指那波里政府拒绝接受土耳其公使，理由是他是犹太人。

② 据当时许多欧洲报纸记载，拿破仑三世曾在法国孚日省疗养地散步。

③ 1857 年 7 月英国议院讨论吸收中国人移民到英国殖民地，英国人忧虑的是中国移民不带家眷，不能安心定居。

④ 这里似指成立"全欧国家联盟"，这个问题在 1856 年至 1857 年曾在英法报纸上展开讨论。

和利欲心排斥了呢？难道理性和自私的结合体，即所谓文明的传布就会消灭和否定人的本性和爱吗？难道人们就是为了这样的平等才流了那么多无辜的血、犯了那么多的罪吗？难道各国人民空喊"平等"，就会像孩子一般感到幸福吗？

　　法律面前人人平等吗？难道人的生活都是在法律范围内度过的吗？其实人们的生活只有千分之一属于法律范围，其余都越出法律范围，而在社会的习惯和观点范围内度过。在这个社会里，侍者穿得比歌手漂亮，他就可以侮辱歌手而不受惩罚。我穿得比侍者体面，就可以侮辱侍者而不受惩罚。看门人认为我比他高，歌手比他低；而当我和歌手在一起，他就自以为可以同我们平起平坐，因此变得蛮不讲理。我对看门人粗暴无礼，看门人就自以为比我低。侍者对歌手粗暴无礼，歌手就自以为比他低。在一个国家里，一个公民，既没有伤害任何人，也没有妨碍任何人，他只做一种力所能及的事以免饿死，却被送去坐牢。难道这样的国家是自由的国家吗？是被人们称之为绝对自由之国的国家吗？

　　一个人想积极解决各种问题，因而被投入善恶、事件、思想和矛盾的永远动荡的海洋，这真是不幸而可怜。多少世纪以来，人们为了分清善恶，不断地拼搏和劳动。世纪不断过去，凡是讲公道的人，你不论在哪儿把他放到善恶的天平上，天平绝不会摇摆：一边有多少善，另一边就有多少恶。一个人要是能学会不判断，不苦苦思索，不回答永远无法回答的问题，那就好了！他要是能懂得一切思想都是真真假假的，那就好了！它之所以假，是因为人不可能掌握全部真理；它之所以真，是因为人有追求真理的一面。人们总是在这永远运动着的善恶混杂的无边海洋里进行分类，在想象中划分这海洋的界线，并指望海洋真的会一分为二，仿佛不可能从不同的观点、不同的方面做出其他无数种分法似的。不错，多少世纪来人们不断进行着新的分类，虽然已过去了许多世纪，今后还会有许多世纪到来。文明是善，野蛮是恶；自由是善，奴役是恶。正是这种虚假的知识扑灭了人性中最本能最幸福的对善的要求。谁能给我下个定义：什么叫自由，什么叫专制，什么叫文明，什么叫野蛮？两者的界线在哪里？谁心里有一个善恶的绝对标准，使他能衡量错综复杂、转瞬即逝的众多事件？谁有那么了不起的脑袋，使他能哪怕从不会再变化的往事中洞察和衡量各种事物？谁又看到过善恶不并存的情况？我又怎么能知道我看到这个比那个多，并不是因为我的观点错了？谁又能让精神完全脱离生活而超然地观察生活，哪怕只有一瞬间？我们有一个，只有一个，绝对正确的指导，那就是毫无例外地渗透在我们每一个人心灵中的世界精神。这种精神促使我们每一个人追求应该追求的东西；这种精神促使树木向着太阳生长，促使花卉在秋天撒下种子，促使我们情不自禁地相亲相爱。

而且，只有这种绝对的福音能压倒文明发展的嘈杂噪音。谁更像个人，谁更像个野蛮人：是那个看见歌手的破烂衣服就恶狠狠地离开餐桌，不肯从自己的财产中拿出百万分之一来酬劳他，此刻正吃得饱饱的坐在明亮宁静的屋子里，悠闲地大谈中国形势并认为在那儿屠杀平民是正义的那个英国勋爵呢，还是那个冒着坐牢的危险，二十年来走遍高山深谷，没有损害过任何人而用歌唱来安慰人，可是受尽凌辱，今晚差点儿被人推出门去，口袋里只有一个半法郎，又饿又累又羞，此刻不知溜到哪个烂麦秆上去睡觉的矮小歌手？

这时，从深夜死寂的城市里，远远地传来矮小歌手的吉他声和唱歌声。

"不，"我不禁对自己说，"你没有权利可怜他，也没有权利为勋爵的阔绰而生气。谁曾衡量过他们每个人心灵里的幸福呢？你瞧那歌手，他这会儿正坐在哪个肮脏的门槛上，抬头望着月光溶溶的天空，在花香扑鼻的静夜里快乐地唱着歌，他的心里没有责备，没有埋怨，也没有悔恨。可是谁知道那些高楼大厦里的人此刻内心有些什么活动？谁知道他们每个人是不是也像矮小的歌手那样，心里充满无忧无虑的生之欢乐和与世无争的满足感呢？允许和规定这些矛盾同时存在的上帝，真是无限仁慈无限睿智！可是你这渺小的虫子竟胆大妄为，胆敢探索上帝的法则和上帝的意旨，只有你才觉得存在着矛盾。上帝从他光辉的高处俯视着、欣赏着芸芸众生在其中蠢动的无限和谐的大地。可是你却妄自尊大，竟想摆脱这普遍法则。不行！你还对卑微的侍者们表示愤慨，要知道你也该对永恒的无限和谐负责啊……"

一八五七年七月十八日

舞会以后

　　"你们说，人自己无法分清什么是好，什么是坏，问题全在于环境，是环境摆布人。可我认为问题全在于机遇。好哇，就拿我自己经历的一件事来说吧……"

　　我们谈到，一个人要做到完美无缺，先得改变生活的环境。这时，受大家尊敬的伊凡·华西里耶维奇就说了上面这段话。其实谁也没有说过人自己无法分清什么是好，什么是坏，但伊凡·华西里耶维奇有个习惯，总喜欢解释自己在谈话中产生的想法，顺便讲讲他生活里的一些事。他讲得一来劲，往往忘记为什么要讲这些事，而且总是讲得很诚恳，很真实。

这次也是如此。

"就拿我自己的事来说吧。我这辈子这样过而不是那样过，并非由于环境，完全是由于别的原因。"

"由于什么原因?"我们问。

"这事说来话长。要让你们明白，不是三言两语讲得清的。"

"噢，那您就给我们讲一讲吧。"

伊凡·华西里耶维奇想了想，摇摇头说："是啊，一个晚上，或者说一个早晨，就使我这辈子的生活变了样儿。"

"到底出了什么事?"

"是这么一回事：我那时正热恋着一位姑娘。我恋爱过好多次，但要数这次爱得最热烈。事情早就过去了，如今她的几个女儿也都已出嫁了。她叫……华莲卡……"伊凡·华西里耶维奇说出她的名字，"直到五十岁还是个极其出色的美人。不过，在她年轻的时候，在她十八岁的时候，就更迷人了：修长、苗条、秀丽、端庄——实在是端庄。她总是微微昂起头，身子挺得笔直，仿佛只能保持这样的姿态。这种姿态配上美丽的脸蛋和苗条的身材——她并不丰满，甚至可以说有点儿瘦削——就使她显得仪态万方。要不是从她的嘴唇，从她那双亮晶晶的迷人的眼睛，从她那青春洋溢的可爱的全身，都流露出亲切而永远快乐的微笑，恐怕没有人敢接近她。"

"伊凡·华西里耶维奇讲起来真是绘声绘色，生动极了。"

"再绘声绘色也无法使你们想象她是个怎样的美人。但问题不在这里。我要讲的是四十年代的事。当时我在一所外省大学念书。那所大学里没有任何小组①，也不谈任何理论——我不知道这是好事还是坏事。我们都很年轻，过着青年人特有的生活：念书，作乐。我当时是个快乐活泼的小伙子，家里又有钱。我有一匹烈性的溜蹄马，常常陪小姐们上山滑雪（当时溜冰还没流行），跟同学一起饮酒作乐（当时我们只喝香槟，没有钱就什么也不喝，可不像现在这样喝伏特加）。不过，我的主要兴趣是参加晚会和舞会。我舞跳得很好，人也长得不难看。"

"得了，您也别太谦虚了，"在座的一位女士插嘴说，"我们早就从银版照相上看到过您了。您不但不难看，而且还是个美男子呢。"

"美男子就美男子吧，问题不在这里。问题是，正当我跟她热恋的时候，在谢肉节最后一天，我参加了本城首席贵族家的一次舞会。他是位和蔼可亲的老头儿，十分有钱，又很好客，还是宫廷侍从官。他的夫人同样心地善良，待人亲切。她穿着深咖啡色丝绒连衣裙，戴着钻石头饰，袒露着她那衰老虚胖的白肩膀和胸脯，就像画像上的伊丽莎白女皇②那样。这次舞会非常精彩：富丽堂皇的舞厅，有音乐池座，一个酷爱音乐的地主的农奴乐队演奏着音乐，还有丰盛的菜肴和满溢的香槟。虽然我也喜欢香槟，但那天没有喝，因为我就是不喝酒也

① 十九世纪俄国大学生喜欢成立各种小组，探讨哲学和文学问题。
② 伊丽莎白·彼得罗夫娜，俄国女皇，1741 年至 1761 年在位。

在爱情里沉醉了。不过，舞我跳得很多，跳得都快累倒了：一会儿卡德里尔舞，一会儿华尔兹，一会儿波尔卡，自然总是尽可能跟华莲卡一起跳。她穿着雪白的连衣裙，束着玫瑰红腰带，手戴长达瘦小臂肘的白羊皮手套，脚穿白缎便鞋。跳玛祖卡舞的时候，有人抢在我前头。那个可恶之至的工程师阿尼西莫夫一见她进来，就请她跳舞。我至今还不能原谅他。我那天上理发店买手套①来晚了一步。结果玛祖卡舞我没有跟华莲卡跳，而跟一位德国小姐跳——我以前也向她献过殷勤。不过那天晚上我担心对华莲卡很不礼貌：我没有跟她说过一句话，没有瞧过她一眼，我只看见那穿白衣裳、束红腰带的苗条身影，只看见那有两个小酒窝的绯红脸蛋和那双妩媚可爱的眼睛。其实不光是我，不论男的还是女的，人人都在欣赏她，尽管她使所有在场的女人都黯然失色。谁也忍不住不欣赏她啊。

"照规矩，玛祖卡我不是跟她跳的，而实际上我一直在跟她跳。她穿过整个舞厅，落落大方地向我走来。我不待她邀请，就连忙站起来。她嫣然一笑，以酬谢我的机灵。我们两个男舞伴②被带到她跟前，她没有猜中我的代号③，只得把手伸给另一个男人。她耸耸瘦小的肩膀，向我微微一笑，表示歉意和慰问。玛祖卡中间插进华尔兹，我就跟她跳了好多圈。她跳得上气不接下气，但还是笑眯眯地对我说'再来一次'。我就

---

① 当时俄国理发店兼卖手套、领带之类的东西。
② 指两个同时邀她跳舞的男人。
③ 每个男舞伴都自定一个代号，两个人同时由第三者介绍给一个女舞伴，请她猜代号，被猜中的就可以跟她跳。

一次又一次地同她跳，但一点儿也没有感觉到自己的身体。"

"嘿，怎么会不感觉到身体？您搂住她的腰，一定会感觉到自己的身体和她的身体。"一个客人说。

伊凡·华西里耶维奇顿时脸涨得通红，气冲冲地喝道："哼，你们现在这些年轻人哪，你们心目中只有一个肉体。我们那个时候可不同，我爱她爱得越热烈，就越不注意她的肉体。如今你们只看到大腿、脚踝和别的什么，你们恨不得把所爱的女人脱个精光。可我就像优秀作家阿尔封斯·卡尔①说的那样，我的爱人永远穿着青铜衣服。我们不是把人家的衣服脱光，而是像挪亚的好儿子②那样把赤裸的身子遮起来。哼，算了吧，反正你们不会懂的……"

"别理他。后来怎么样？"我们中间有人说。

"好。我就这样多半跟她跳，也没注意时间是怎么过去的。乐师们都已筋疲力尽——舞会快到结束时总是这样的——反复演奏着同一支玛祖卡舞曲，客厅里的老先生和老太太都已离开牌桌，等着吃晚饭，男仆们端着饭菜来回奔走。时间已是半夜两点多了，必须抓紧利用最后几分钟时间。我又一次选定了她。我们在舞厅里都转了百来次了。

"'吃过晚饭还跟我跳卡德里尔舞吗？'我领她入席时问。

"'当然，只要家里不叫我回去。'她含笑说。

---

① 阿尔封斯·卡尔（1808—1890），法国作家。
② 典出《旧约·创世记》第九章：挪亚有一次喝醉酒，光着身子睡着了，他的儿子闪和雅弗就给他盖上衣服。

"'我不放你走。'我说。

"'把扇子还给我。'她说。

"'我舍不得还。'我说着把那把普通的白羽毛扇子还给她。

"'那就给您这个，省得您舍不得。'她从扇子上拔下一根羽毛送给我，说。

"我接过羽毛，只能用目光来表示我的喜悦和感激。我不仅觉得快乐和满足，也感到幸福和陶醉。我心里充满善良的感情，我不是原来的我，而是一个只能行善、不知有恶的圣人。我把羽毛藏进手套里，呆呆地站在她旁边，再也离不开她。

"'您瞧，他们在请爸爸跳舞呢。'她对我说，指指她那个体格魁伟、戴银色上校肩章的父亲。他跟女主人和另外几位太太站在门口。

"'华莲卡，过来！'戴钻石头饰、祖露着伊丽莎白女皇式肩膀的女主人大声叫道。

"华莲卡向门口走去，我跟在她后面。

"'好姑娘，劝您爸爸跟您跳一次吧。喂，彼得·符拉迪斯拉维奇，请！'女主人对上校说。

"华莲卡的父亲是个体格魁梧、相貌端庄的老人。他容光焕发，脸色红润，留着两撇尼古拉一世式卷曲的银白小胡子和跟小胡子连成一片的银白络腮胡子，两边鬓发向前梳。他那明亮的眼睛和嘴唇也像女儿一样流露出亲切愉快的微笑。他仪表堂堂，宽阔的胸脯像军人那样高高隆起，胸前挂着几枚勋章。他的肩膀强壮结实，两腿匀称修长。他是个尼古拉一世时代典型的军事长官。

"我们走到门口，老上校嘴里说他对跳舞早已荒疏，但还是笑眯眯地把左手伸到腰部，解下佩剑，把它交给一个殷勤的年轻人，右手戴上麂皮手套。'一切都得照规矩办。'他含笑说，抓住女儿的手，侧过身来等待着音乐的拍子。

"等玛祖卡舞曲一开始，他就敏捷地用一只脚跺了跺，再伸出另一只脚，魁伟的身子时而轻盈平稳，时而用靴子重重地跺了跺，两脚相碰，兴奋地在舞厅里旋转起来。华莲卡的优美身影在他的周围飘翔着，及时收缩和迈开她那穿着白缎鞋小脚的步子，轻巧得没有一点儿声音。舞厅里人人注视着这对舞伴的每个动作。我呢，不仅欣赏他们的舞姿，简直感到心醉神迷。我特别喜欢他那双被裤脚带绷紧的上等牛皮靴。那不是时髦的尖头靴，而是老式平跟方头靴。这双靴子显然是部队靴匠做的。我想：'为了把女儿打扮得漂漂亮亮带进交际场，他就不买时髦的靴子而穿部队制的靴子。'我这样想着，对这双方头靴也就更有好感了。他的舞技原来一定很出色，如今人发胖了，虽然很想跳各种快速的优美步子，但两腿弹性不足。不过他还是麻利地跳了两圈。他敏捷地分开两腿又合拢，然后单膝跪下，他的身子显得有点儿笨重，钩住了女儿的裙子，但女儿笑眯眯地理好裙子，又轻盈地绕着他跳了一圈。这时在场的人都热烈鼓掌。他有点儿费力地站起来，温柔而亲热地用双手抱住女儿的头，吻了吻她的前额，然后把她领到我跟前，以为我要跟她跳舞。我说，这会儿我不是她的舞伴。

"'噢，那也没关系，现在您就跟她跳吧。'他和蔼可亲地微笑着，把佩剑插到武装带里。

　　"瓶里的水只要倒出一滴，里面的水就会咕嘟咕嘟地冲出来，同样，我心里对华莲卡的爱也使我身上蕴藏着的全部爱一股脑儿倾泻出来。我就用我全部的爱拥抱着整个世界。我爱那戴着头饰、袒露着伊丽莎白式胸脯的女主人，我爱她的丈夫，我爱她的客人、她的仆人，甚至爱那个对我板着脸的工程师阿尼西莫夫。对于她的父亲，连同他日常穿的皮靴和像他女儿一样亲切的微笑，我则充满了一种热烈而温柔的感情。

　　"玛祖卡舞结束了，主人夫妇请客人入席，但老上校说他明天得早起，谢绝参加，接着就向主人告辞。我担心他会把女儿带走，幸亏她跟她母亲都留了下来。

　　"晚饭后，我跟她跳了她刚才答应跟我跳的卡德里尔舞。尽管我已感到无比幸福，可是我的幸福感还在不断地增长。我们只字不提爱情。我没有问她，也没有问我自己，她爱不爱我。只要我爱她，这就足够了。我担心的只是，别让人家破坏我的幸福。

　　"我回到家里，脱下衣服，打算睡觉，可是发觉根本没法儿睡。我手里拿着那片从她扇子上拔下的羽毛和她的一只手套。这只手套是我扶她母亲和她上车时，她送给我的。我望着这两样东西，不用闭上眼睛，就清清楚楚地看见了她：一会儿，她在挑选舞伴时猜我的代号，用亲切的声音问：'是不是"骄傲"？呃？'说着快乐地伸给我一只手；一会儿，她在餐桌上一小口一小口地呷着香槟，亲热地瞧着我。不过在我头脑里浮现的多半是她跟父亲跳舞的情景，她身子轻盈地在父亲周围打转，得意扬扬地瞧着赞赏的观众。我对这父女俩不禁都产生了亲切的感情。

　　"当时我跟后来故世的哥哥住在一起。我哥哥不喜欢社交活动，从不参加舞会。他正在准备考副博士，过着极其严肃的生活。那天他已睡了。我瞧瞧他那埋在枕头里、半被法兰绒毯子遮住的脑袋，不禁怜惜起他来了。我对他不能分享我所体会的幸福感到惋惜。服侍我们的农奴彼得鲁施卡擎着蜡烛出来迎接我。他要帮我脱衣服，可我叫他回去休息。我看到他那睡眼惺忪的模样和蓬乱的头发，心里很同情他。我踮着脚走进自己屋里，竭力不弄出声音，在床上坐下来。哦，我太幸福了，我没法儿睡。再说，我在炉子烧得很旺的屋里感到闷热，就没脱衣服，悄悄地走到前厅，穿上外套，打开大门，走到街上。

　　"我四点多钟离开舞会，回到家里又坐了一会儿，大约有两个小时，所以我出门的时候，天已经亮了。那是在谢肉节，天气多雾，路上积雪渐渐融化，屋檐上滴着水。老上校住在城郊，靠近田野，田野的一头是所游乐场，另一头是女子中学。我穿过冷清的胡同来到大街上。我在大街上遇到一些行人，还有在薄雪地上运送木柴的雪橇。马匹套着光滑的车轭，有节奏地摇摆着湿漉漉的脑袋；车夫身披蓑衣，脚穿肥大的皮靴，在运货雪橇旁啪嗒啪嗒地走着；街两边的房屋在雾中显得格外高大——这一切在我看来都特别亲切，特别有意思。

　　"我来到他们家所在的田野上，看见游乐场附近有一大团黑糊糊的东西，还听到从那里传来的笛声和鼓声。我的心情一直很轻松愉快，耳边老是萦回着玛祖卡舞曲。但这会儿听到的

⮫ 240 ⮬

却是另一种音乐，又粗野，又刺耳。

"'这是怎么回事？'我边想边沿着田野中被车马轧平的光滑道路往那里走去。我走了百来步，透过一片迷雾看出那里有许多黑糊糊的人影。显然是一群士兵。'准是在上操。'我想，同时跟一个身穿油腻短皮袄和围裙、手里拿着一样东西走在前头的铁匠一起，往那里走去。穿黑军服的士兵分两行面对面持枪立正，一动不动。鼓手和吹笛子的站在他们背后，反复奏出粗野刺耳的旋律。

"'他们这是在干什么呀？'我问站在身边的铁匠。

"'对一个鞑靼逃兵执行夹棍刑。'铁匠望着士兵行列的尽头，愤愤地说。

"我也往那边望去，看见两行士兵中间有一样可怕的东西在向我逼近。原来是一个光着上身的人，两手分别被捆在两支步枪上，两个士兵握住枪的一端押着他走。旁边有一个穿军大衣、戴军帽、身材魁梧的人，我觉得有点儿面熟。犯人浑身痉挛，两脚沙沙地踩着融雪，身上挨着雨点般从两边打来的棍子，踉踉跄跄地向我走来，一会儿身子向后倒，于是两个用枪押着他的军士就把他往前推，一会儿身子向前栽，于是军士便把他往后拉，不让他栽倒。那个身材魁梧的军官步伐稳健，大摇大摆地紧紧跟在后面。原来就是那个脸色红润、留着银白色小胡子和络腮胡子的上校，华莲卡的父亲。

"犯人每挨一下棍子，仿佛很惊讶似的，把他那痛苦得起皱的脸转向棍子落下的那一边，露出雪白的牙齿，反复说着同一句话。直到他走得很近了，我才听清那句话。他不是在说，而是在呜咽：'好兄弟，行行好吧！好兄弟，行行好吧！'可是好兄弟并没有行行好。当这一伙人走到我跟前时，我看见对面一个士兵断然向前迈出一步，呼的一声挥动棍子，狠狠打在鞑靼人的背上。鞑靼人身子向前猛冲了一下，但被军士拉住。从另一边又打来同样的一棍，接着又是这边一棍那边一棍。上校在旁边走着，一会儿望望自己脚下，一会儿瞧瞧罪犯。他吸了一口气，鼓起两颊，噘着嘴唇，慢慢把气吐出来。当这伙人走到我旁边时，我从两行士兵中间瞥了一眼犯人的脊背。这是一块色彩斑驳、血肉模糊的奇形怪状的东西，我简直无法相信这是人的身体。

"'哦，天哪！'铁匠在我旁边说。

"这伙人渐渐远去，两边的夹棍仍不断落在浑身抽搐、步履踉跄的犯人身上，鼓声和笛声仍响个不停，身材魁梧、相貌堂堂的上校仍步伐稳健地在犯人旁边走着。突然，上校停住脚步，接着快步走到一个士兵跟前。

"'你这不是在敷衍塞责吗？哼，我要让你知道敷衍塞责的后果。'我听见他愤怒的吆喝声。

"我看见他举起戴麂皮手套的手，猛地给那被吓坏的个子矮小、力气不大的士兵一个耳光，以惩罚他没有使劲往那鞑靼人紫红的脊背上打棍子。

"'拿几根新棍子来！'他一面叫，一面向四周环顾着，终于看见了我。他装作不认识我，恶狠狠、气冲冲地皱起眉头，迅速地转过脸去。我觉得羞愧难当，眼睛不知往哪里瞧才好，仿佛我犯了见不得人的大罪，被人揭穿了。我垂下眼睛，慌忙跑回家去。一路上我的耳朵里忽而响起鼓声和笛声，忽而传来'好兄弟，行行好吧！'，忽而听到上校严厉的怒吼声：'你这不是在敷衍塞责吗？'我心里产生了一种近似恶心的感觉，不得不几次停下脚步。我觉得那个惊心动魄的场面在我内心造成的极度恐怖统统就要呕出来。我不记得我是怎样回家和躺下的。可是一闭上眼睛，我又听到和看到那一切，于是连忙爬了起来。

"'他显然懂得一个我不懂得的道理，'我想到上校，'要是我也懂得他所懂得的那个道理，我就能理解我所看到的一切，也就不会觉得痛苦了。'但不管我怎样苦苦思索，还是无法懂得上校所懂得的道理。直到晚上我才睡着，而且是在朋友家喝得烂醉以后。

"哦，你们以为我当时就明确这是一桩坏事吗？根本没有。我当时想：'既然他们干得那么认真，并且人人都认为必要，可见他们一定懂得一个我所不懂的道理。'我竭力想弄个明白。可是不管我怎样努力，都是徒然。就因为弄不明白，我无法进军界服务，当差也没有当成，我这人就像你们看到的那样，成了个废物。"

"嘿，我们可知道您是个怎样的废物，"我们中间有个人说，"还不如说：要是没有您，这世界还会产生多少废物。"

"得了，这可是十足的胡说。"伊凡·华西里耶维奇十分恼恨地说。

"那么爱情呢？"我们问。

"爱情吗？爱情从那天起就一落千丈。当她像原来那样含笑沉思的时候，我立刻想起那天广场上的上校，心里就觉得别扭和不快。我跟她见面的次数越来越少。爱情也就这样消失了。天下就有这样的事，它会彻底改变一个人的生活，改变他生活的方向。可你们还说……"他就这样结束了他的话。

一九〇三年八月二十日于雅斯纳雅·波良纳